마지막 수업

오명희

ah asianhub
(주)아시안허브

오명희 (吳明姬)

서울디지털대학교 문예창작학과 졸업
한국작가회의 회원
단종문화제 장원
동서커피문학상 소설부문 가작
개천문학상 수상 (문화체육관광부장관상)
충북작가 소설부문 신인상
119문화상 특선

마지막 수업

contents

마지막 수업

마지막 수업

 문학은 사회를 변하게 하는가, 이것은 대학 입학 때 형철이 받았던 면접 질문이기도 하다. 학과 교수가 된 이후, 형철은 신입생들에게 늘 같은 질문을 하곤 했다. "문학은 사회를 변하게 만듭니까?"라는 질문에 '문학'에 대한 열정으로 국문학과에 지원한 아이들은 또랑또랑한 목소리로 세상을 변화시키겠다고 스스로에게 다짐하듯 대답했다. 습관처럼 내뱉는 질문은 인터넷상에서 돌고 돌아 결국에는 그럴싸한 모범답안을 외워 온 학생들도 생겼다. "문학에서 얻은 감동은 사람의 마음을 감동시킵니다. 감동을 얻은 사람은 생활에 변화가 생기기 마련입니다. 이런 개개인이 많아진다면 사회는 자연스럽게 변하는 것이지요. 문학은 사회를 변하게 만듭니다." 형철은 동그란 눈을 크게 뜨고 면접관을 향해 대답했다. 면접관은 퍽 만족스럽고 부드러운 시선을 형철에게 보냈다. 결과는 예상대로 합격이었고, 형철은 꿈꾸던 문학도가 될 수 있었다.

존경하는 문학가의 얼굴을 떠올리며 얼마나 큰 꿈을 꾸었던가? 이상 시인처럼 천재적인 시를 짓고도 싶었고, 피천득 수필가처럼 절절하게 마음을 울리는 최고의 수필가가 되고 싶기도 했다. 방정환 선생처럼 아이들을 위한 순수한 아동문학에 뜻을 두기도 했고, 삶의 진솔한 이야기가 담긴 소설가를 꿈꾸기도 했다. 글의 장르에 따라 써야 할 글은 얼마나 많은가? 지치지 않고 글을 쓰는 것이 무엇보다 중요하다는 걸 잘 알고 있었기에 함께 걷는 무리를 찾고 싶었고 동행하며 글을 쓰는 과정에서 형철은 많은 용기를 얻었다. 때론 형철 또한 위로를 주기도 했으리라.

퇴임을 앞둔 형철은 요즘 이런저런 생각이 많다. 여전히 연락이 닿는 제자들을 초대해 밥이라도 한 끼 하고 싶었고, 근래 개업한 맛좋은 족발집에서 소주라도 한잔 기울이고 싶은 욕심이 들었다. 야들야들한 족발집이 학교 앞, 맛집으로 알려지면서 멀리서도 맛을 보기 위해 찾아온다. 넓은 장소와 깨끗한 테이블이 형철은 썩 마음에 들었다. 형철은 퇴임을 핑계로 그리운 제자들의 얼굴을 볼 수 있다는 생각에 히죽대며 실없이 웃기도 했다. 학교를 영영 떠나야 한다는 게 아쉬운 생각도 들지만, 좋은 교수들을 위해서 자리를 물러날 때도 되었다. 젊고 능력 있는 후임 교수들은 자신만의 독특한 수업방식으로 학생들에게 큰 만족을 주고 있다.

시절은 얼마나 무상한가. 원고지 앞에서 글을 쓰던 형철은 타자기 앞에서 소설을 썼다. 타닥타닥 힘주어 글자를 두드리던 시절이 엊그제 같은데 타자기는 골동품 가게에 가야 만날 수 있는 물건이 되었다. 컴퓨터도 하루가 다르게 신기술을 앞세워 발전한다. 형철의 컴퓨터도 터치로 화면이 바뀌는 제법 고급스러운 라인에 속한다. 예술혼을 담긴 원고지를 흔들던 노교수는 지난주 작고 문인으로 이름을 올렸고, 발 빠른 세상의 변화는 형철도 어쩔 수 없는 일이다. 필체로 작가의 마음을 읽던 시절은 그야말로 옛날 일이 되었다. 원고지에 정성껏 글을 쓰는 것은 백일장 행사에서나 가능한 일이다. 요즘은 백일장도 공모전으로 많이 바뀌고 있고 유튜브 채널로 방송을 병행하면서 진행하는 곳이 훨씬 많다. 응모자들에겐 마감일 소인만 지키면 되는 공모전이 더욱 편안할지 모르겠다.

형철은 이제 정년을 앞두고 있다. 박사학위를 취득하고 어렵게 얻은 대학 시간강사 자리를 애지중지하던 자신의 모습이 스쳐 지났다. 매일 학교에 돈을 가져다 내던 형철이 이제는 학교에서 돈을 받는 교수가 되었다는 소식에 시골 부모님은 얼마나 기뻐하셨던가. 형철의 대학 등록금을 위해 아버지는 소를 내다팔았고, 어머니는 닭백숙을 끓여 장사했다. 형철의 대학원 학비를 위해 아버지는 논을 팔았고, 어머니는 유일하게 알이 박힌 결혼반지를 빼서 전당포에 맡겼다. 가난한 시골 마을에서 어렵게 대학원까지 가르치신 것이다. 허나, 형철은 보따리장수라 불리는 시간강사이기 때문에 정작 대형 학원의 파트타임보다 못한 시급을 받을 뿐이있다. 하지만 대학 강단에 선다는 사실은 형철의 가슴을 주책없이 뛰게 했다. 생활에 별반 도움이 되는 직업은 아니었지만, 형철은 맡겨진 자리에서 최선을 다했다. 학생들의 등단율을 높이는 데 한몫했고 자신 또한 창작 활동을 게을리하지 않았다.

마지막 학기 수업을 준비하면서 내심 하고 싶은 일도 많았다. 퇴임식을 겸해 학과에서는 기념 문집도 내준다고 했고, 세상 풍파를 생각할 때 무탈하게 자리를 털고 나온다는 것이 스스로 픽 대견하게 여겨지기도 했다. 돈을 조금 더 투자해서 호텔 룸을 하나 빌리면 어떨까, 고생한 자신을 위해 큰 선물 하나쯤은 해도 되지 않을까 생각하던 참이었다. 형철은 연구자로서도 부지런히 살아 학술지에 논문도 많이 발표했고 후학을 위한 장학 사업도 진행하고 있다. 좋은 이론 책도 펴냈고, 이만하면 자리만 지키고 앉은 교수는 아니었던 셈이다. 지나온 세월이 훈장처럼 빛나진 않아도 부끄럽지 않은 형철이다.

이렇게 쉽게 폐과가 결정될 줄은 몰랐다. '문예창작학과는 미디어 커뮤니케이션 학부로 통·폐합합니다.' 교무 팀에서 긴급히 내려온 전달사항이었다. 솔직히 예상하지 않은 일은 아니었다. 전문대학들은 취업률에 따라 평가되고 있고, '문송합니다'라는 말처럼 문과여서 죄송한 판국에 무슨 문학이냐는 핀잔도 더러 듣던 요즘이었다. 하지만, 형철이 생각하는 위대한 문학의 가치는 감히 입에 담기도 힘든 것이어서, 늘 그들의 무식한 핀잔 앞에 대꾸하지 않았다. 형철은 가만히 눈을 감고 지난날을 돌아본다. 신춘문예 철만 되면 완성된 원고를 수줍게 내밀던 어린 제자들, 최종심에 이름만 거론되어도 함박웃음을 짓던 문학청년들의 얼굴이 하나, 둘 그려졌다. 더러 수상소감에 형철의 이름이 거론되기도 했다. 형철이 내준 필사 과제를 하느라 팔이 아팠다며 그래도 힘든 과정이 큰 힘이 되었다는 고백도 적혀 있었다. 학생과 더불어 교수도 푸르던 시절이었다. 문학 앞에서 우리의 마음은 늙지 않고 싱그러웠다. 학교 정문 앞에는 큼직하게 학과 학생들을 현수막으로 제작해 걸어두었고, 신문 기자들은 당선자와 인터뷰하기 위해 뻔질나게 교문을 드나들었다. 문예창작학과 지원자가 너무 많아져서 학교는 고심 끝에 주간반과 야간반으로 구분해 신입생을 받아야 할 만큼 문예창작학과가 전성기를 누리던 시절이었다.

주요 문예지의 신인상을 휩쓸고, 대학문학상을 도맡아 타내던 학생들을 보며 교수들도 열정을 가지고 수업에 임했다. 지방지에 등단하고 소위 메이저라 불리는 서울권 신문사에서 재등단하는 사례들도 많았다. 더러는 교수들보다 뛰어난 학생들도 있어서 바짝 긴장하지 않으면 안 됐다. 수업의 질도 그만큼 높아졌고 우수한 학생들이 몰려들어 행복에 겨운 나날이었다. 하지만 우리는 가난을 편드는 문학을 했다. 사회적 약자를 위해 글을 썼고, 미처 보지 못한 곳에서 신음하고 아파하는 사람이 없는지 늘 깨어 고민했다. 문학만이 우리를 구원할 수 있다고 믿었던 날들이다. 형철은 지긋하게 눈을 감고 당시의 마음을 소환한다.

하지만, 사람들이 점차 책을 읽지 않으면서, 문학은 설 자리를 잃어가게 되었다. 문학은 먹고 사는 일을 책임져주지 않는다는 고리타분한 생각은 둘째 치고, 배워서 쓸모가 없다는 식이었다. 골방에 틀어박혀 예술을 한답시고 나대는 사람으로, 문학인을 치부해 버린 것이다. 문예창작학과를 지원하는 친구들은 늘 부모님의 반대에 부딪혀야 했고, 학교에서는 신설한 야간학과를 우선으로 없애버렸다. 광고 분야가 각광 받게 되면서 광고홍보학과는 새로이 신설되었다. 드라마에서는 광고주를 다룬 주인공들이 등장하기 시작했고, 단순한 학생들은 드라마의 몇 장면에 매료되어 자신의 장래를 정하기도 했다. 파일럿이 등장하면 파일럿 관련 학과가 미어터지고, 의학 드라마가 흥행하면 보건계열 지원자가 늘어났다. 확고한 꿈이 없이 자라는 청소년들에게 어쩌면 당연한 쏠림인지도 모른다.

속상한 일이었지만, 이조차 시대의 흐름이라고 생각했다. 형철도 잘나가던 시절이 있었다. 각종 문학상 후보에 자신의 이름이 거론되던 시절, 손끝에서 피어나는 자신의 문장에 스스로도 도취되어 감동하던 시절이었다. 글을 쓰는 것이 즐거웠고, 이런 고독하고 알싸한 즐거움을 제자들에게 알려주고 싶어 침을 튀겨가며 강의를 하던 때가 있었다. 제자의 원고를 한 자도 허투루 보아 넘기지 않았고, 일일이 지적을 하면 좀 미안한 마음이 들기도 했으나 학생들도 퍽 고마워하며 스승의 마음을 헤아려주던 시절이었다. 서로의 작품을 날카롭게 합평하고 소주잔을 기울이며 더러는 다투기도 했다. 모두가 문학을 향한 열정이었다. 지금은 그 누구도 남의 작품을 꼼꼼하게 보아 주지 않는다. 상대를 기분 상하게 하고 싶지도 않은 학생들은 입을 꾹 다물고 앉아 서로 눈치만 본다. 소신 있게 작품에 대해 발언하면 왕따가 되어 버린다. 옹졸하고 편협한 마음으로 문학판이 변질되어 가고 있음을 형철도 느끼고 있었다. 문학에 담긴 진심은 점점 퇴색되어 가고 있었다.

요즘은 제 작품에 대한 지적을 좋아하지도 않을뿐더러 반항하는 학생들이 대부분이다. 문학 자체에는 관심이 없고, 학점에만 잔뜩 날이 서 있다. 점수를 잘 받아야 취직을 잘 한다는 것이 학생들의 지당한 논리이다. 그네들은 작품을 쓰기 위해 문예창작학과에 들어온 것이 아니고, 취업의 관문으로 학과를 지원했다며 낮은 학점을 항의하러 형철을 찾아온다. 형철이 문학성을 거론하며 채점 기준을 말하면 콧방귀를 뀌고 흥흥 웃을 뿐이다.

아프게 보듬었던 제자들은 모두 형철의 품을 떠났다. 그들은 소설을 쓰며 여전히 험난한 문학판에서 살아남기 위해 고군분투하고 있다. 아꼈던 제자들의 안부가 형철은 늘 궁금하다. 무소식이 희소식이라고. 별 탈 없이 지내주는 제자들이 형철은 그저 고마울 뿐이다. 형철은 학과 통폐합 통지서를 들고 한동안 아무 말도 없이 서서 창밖을 바라본다. 제자들에게 이 소식을 어떻게 알려야 할까? 형철은 포옥 젖은 한숨을 쉰다. 제자들이 찾아와도 발길이 머물 공간은 사라지고 없을 것이다. 어정어정 교정을 머물다 옛 추억을 소환하고는 일없이 운동장을 배회하다 떠나게 되겠지. 반겨주는 스승도 없는 학교는 더 이상 모교의 역할을 담당하기 어려울 터였다.

　형철은 딱히 정해진 약속이 없어도 스승의 날이면 학교에 나왔다. 간혹 제자들이 연락도 없이 불쑥 찾아오기 때문이었다. 붉은 카네이션 한 송이를 들고 연구실을 찾아오기도 하고, 소심한 녀석들은 학과 사무실에 음료 세트를 사 들고 똑똑 문을 두드렸다. 스승을 찾아오는 제자들이 헛걸음하지 않도록 형철은 어떤 의무감을 가지고 학교에 나와 앉아 있곤 했다. 매번 제자들이 찾아오는 건 아니었고 내년을 기약했던 이들이 무심히 오지 않는 날들도 많았지만, 형철은 꼭 학교에 가서 학생들을 반겼던 정 많은 교수였다. 열 손가락 깨물어 안 아픈 손가락 없다고, 하나하나 떠올리면 모두 귀한 아이들이었다. 잘하면 잘하는 대로 귀하고, 못해도 열심히 하는 모습은 얼마나 기특했던가. 힘든 문학인의 길에 들어 그저 묵묵히 읽고 쓰는 일을 최선을 다하는 아이들의 모습은 늘 소중했다. 형철의 생각으로는 꼭 문인이 되지 않더라도 글 쓰는 일을 지속하는 학생들이 기특했다. 우스갯소리로 글 쓰는 사람들은 늙어도 치매에 걸리지 않는다며 치매를 예방하는 차원에서라도 글을 써야 한다고 키득거리기도 했다. 자신의 이야기를 글로 녹여내는 과정에서 마음이 치유되는 일은 얼마나 아름다운가. 요즘은 시를 쓰면서 아픔을 극복하는 사례를 두고 시 테라피 교육이라고 한단다. 그런 식으로 문학은 제 영역을 넓혀가고 있다고 형철은 생각했다.

학교를 그만두고 나서 소설을 좀 더 써 볼 요량이었다. 전업 소설가로 살고픈 마음도 더러는 있던 형철은, 정년 후에는 자신의 이야기를 담은 자전적 소설을 좀 써보고 싶었다. 전임 교수로 재직하면서 학과의 위상을 지켜주지 못한 것이 끝내 미안했다. 손을 놓고 있을 수만은 없는 일이라, 동문회장과 학회장을 만나 미팅을 해야겠다고 생각했다. 형철은 조교를 통해 이들의 연락처를 묻고, 제법 잘 나가는 글쟁이들을 소환해 총장실을 찾아가 항의라도 해야겠다고 생각했다. 남은 재학생들을 생각하면 못할 일이 무엇인가. 폐과되는 걸 알았다면 지원하지 않았을 아이들이고, 통폐합되는 과정에서 학생들이 느껴야 할 좌절감이 오롯이 밀려온다. 아직은 해야 할 일이 있는 교수 직분 아닌가! 넋을 놓고 있을 때가 아니라는 생각에 형철은 마음이 바빠졌다. 선진국일수록 인문학의 가치를 떠받든다. 좋은 책을 읽히고 창작을 하는 문예 과정은 무엇과도 바꿀 수 없는 인생의 자양분임을 왜 모르는지, 형철은 거푸 한숨을 내쉬었다.

드디어 내일로 약속을 잡았다. 관할 교육청에서 통폐합이 확정되고 나면, 더 이상 입장을 번복하기 힘들다고 하니 서둘러 모여야 할 듯싶었다. 제자들은 저희끼리 연락해서 자리를 마련했다. "좋은 일로 보아야 하는데, 면목이 없네." 형철이 입을 열며 뱉은 말이다. 이름 있는 소설가가 된 수현이가 형철의 손을 덥석 잡는다. "교수님 힘내세요. 교수님이 무너지시면 안 됩니다. 하는 데까지 힘을 합해 보아요." 형철의 가슴에서 뜨거운 것이 치민다. 어쩌면 가장 위로가 필요한 사람은 형철인지도 모른다. 우선 총장실에 보낼 공문을 작성하기로 한다. 역사와 전통을 지켜온 학과의 통폐합은 부당하며, 작가로 활동하며 나름의 자리에서 졸업생 자격으로 학교를 많이 홍보했다는 것을 강조한다. 문예창작학과의 전성기를 거론하며 학과의 실적과 연관해 답을 하자고 의견을 모은다. 글 쓰는 사람의 인생을 어찌 취업률이란 숫자로 환산할 수 있으며, 글의 가치를, 책의 진가를 속단해서는 안 된다고 항의 섞인 말도 넣기로 한다. 이런 상황을 두고 '계란으로 바위치기'라고 하겠지. 하지만, 달걀 국물이 질질 흐르더라도 부딪쳐보아야 후회가 없을 것이다. 학교에서는 우리들의 방문을 달가워하지 않을 것이다. 못내 성가신 말투로 작성된 항의문을 총장님께 전달한 후, 일정을 잡아 통보해 주겠다는 미적지근한 약속을 받아냈다.

30년이나 정든 학교를 떠나는 것은 서러워도 참을 수 있는 일이다. 하지만 통폐합되는 과정을 겪고 나가야 한다는 건 참으로 가슴 아픈 일이다. 문인회에서는 최선을 다해 보겠다고 했지만, 학교라는 곳은 얼마나 계산적인가. 쓸모 가치가 하락함과 동시에 가장 먼저 쳐내는 곳이 또 학교였다. 형철은 학교에 몸담고 있으면서 고마웠던 날들이 많았다. 직업 덕분에 장인어른께 아내와의 결혼을 허락받았고, 자녀 둘을 길러냈으며, 오랜 소망이었던 자가 주택의 꿈도 실현했다. 버스에 붙은 교명만 봐도 반가운 마음이 드는 건 비단 형철 혼자만은 아니었다. 비슷한 시간에 전임을 달고 정년한 동료 교수 모두가 같은 마음으로 학교를 사랑하고 아꼈다. 하지만 현실 앞에서 학교는 냉정했다. 가장 먼저 통폐합해야 하는 학과로 우리 과를 지목했고 그들은 똘똘 뭉쳐 물러서지 않았다. 이왕 정리하기로 마음먹은 김에 빠르게 행동하는 것이 옳다고 여기는 눈치였다.

  형철이라고 어찌 위기가 없었을까. 안식년을 마치고 왔을 때 젊은 소설가의 창작 강의에 많은 학생이 몰리는 걸 보고, 적잖이 당황하기도 했다. 젊은 소설가는 당차게 소설의 스토리를 잘 구성했고, 거침없는 문장으로 자신의 매력을 어필해 학생들 사이에서 인기가 아주 좋았다. 아마 평소 공부를 게을리해온 사람이었다면 형철은 떠밀리듯 자리를 내놔야 했을지도 모른다. 하지만 형철도 나름, 관록이 있고 젊은 작가의 작품을 빠짐없이 보고 읽어둔 탓에 자리를 유지하는 데 무리가 되진 않았다. 새롭지 않은 강의가 더는 힘들다며 자리를 내놓고 일찍 명예퇴직을 택한 동료 교수들도 많다. 교단에 서는 것이 더는 즐겁지 않다며, 상상력이 바닥난 것은 시 창작에 어떤 도움도 되지 않는다고 미련 없이 교편을 내려놓았다. 대학교수는 고등학교 선생님과 같이 생각하지 않는다. 은사라는 느낌보다는 질 좋은 서비스를 제공하는 사람이라는 인상이 짙다. 예전에는 스승으로 섬김을 받았다면, 이제는 더 좋은 교육 서비스를 위해 어떤 노력을 해야 하는지 학생들 앞에서 입증해야만 하는 직업이 대학교수다.

학기가 끝나면 학생들의 강의평가가 시작된다. 그들의 설문에 따라 다음 학기 강의 개설 여부가 결정된다. 처음에는 두렵지 않았다. 학생들의 반응이 수업시간에 읽혔기 때문이다. 정성껏 커리큘럼을 작성했고, 바지런한 형철을 학생들은 인정해 주었다. 하지만, 어느 순간부터 형철은 학기를 마감하고 강의 평가할 시기가 되면 지끈지끈 두통이 밀려왔다. 머리가 아파 견딜 수가 없었고, 가슴을 잡죄는 고통이 느껴지기도 했다. 의사는 스트레스가 심해 생기는 증상이라며 마음을 편안하게 먹어보라고 권했지만, 쓸모없는 처방이었다. 병원에서도 형철의 두통은 치유되지 않았다. 시험 점수를 항의하러 온 학부생의 노려보는 눈빛이 떠올랐고, 수업시간에 주의를 들을 학생의 살쾡이 같은 눈동자가 그려졌다. 정당한 지적 앞에서도 그들은 고마워하기보다 미련 없이 불만을 드러냈다. 자신들이 칼자루를 쥐고 있는 양, 학생들은 의기양양했다. 고등학교 교사들은 학생부 기록을 핑계로 자신의 위엄이라도 지켜간다며, 대학교수가 제일 힘들다고 동료 교수들은 형철 앞에서 입술을 내밀어 투덜거렸다.

총장과 대화를 약속한 날짜가 되었다. 어떻게 설명해야 학교를 설득할 수 있을까. 학교 측에서는 취업률을 가장 먼저 문제 삼을 것이고, 문학을 더 이상 원하지 않는 시대상을 논할 것이다. 패러다임에 발맞춰 나가는 것이 학교의 전략이라 고백할 수도 있다. 그리고 학교에 내는 기부금 액수를 이야기할 것이고, 비인기 학과로 전락하면서부터 생기는 타과와의 학력 격차도 문제로 삼을 것이다. 모르지 않은 문제들이었지만 막상 답안을 마련하고 나니 답답한 마음이 든다. 작가도 하나의 직업군이기는 하지만, 형철도 제자들에게 작가가 되라고만 강요할 수는 없었다. 먹고 사는 문제가 해결되어야 작가도 가능하다고 말했다. 글을 쓴다고 궁핍한 생활을 하는 제자들이 보기 딱했기 때문이다. 학원에 라도 취업해 보렴, 파트타임 강사라도 해서 돈벌이를 마련해 두렴, 동료 교수들도 앵무새처럼 같은 말을 떠들어댔다. 자서전 대필도 괜찮은 일이지, 교정 교열을 보는 것도 버거운 작업이긴 하지만 시간을 자유롭게 쓸 수 있단다 등 제자들의 실제 생활을 걱정하지 않을 수 없었다.

최근, 전자출판이 용이해지면서 학생들은 스마트 폰을 들고 수업을 한다. 종이책을 사는 걸 돈 아까워하고, 전공 책도 불법 복사를 하는 게 허다하다. 비싼 전공 책을 사자니 너무 돈이 아까워서 복사했다며, 눈 하나 깜짝하지 않고 쳐다볼 때, 형철은 할 말을 잃는다. 작가가 돼서 더러 큰돈을 기부하는 학생들도 있었다. 유명 문학상을 받은 졸업생은 형편이 어려운 학우들을 위해서 달라며 상금 전액을 문인회에 기탁하기도 했지만, 문인회의 형편은 늘 쪼들렸다. 문창인의 밤 행사를 위해 돈을 마련해야 했고, 유명 작가를 초청해 질 좋은 수업을 마련해 주고자 아낌없이 후원했다. 일일 찻집을 열어 돈을 좀 축적해두면 학과에 꼭 일이 생겨 돈이 빠져나갔다. 이런 형편을 훤히 알고 있는 형철과 동료들은 교수 장학회를 만들어 학과 학생들을 후원했으나 역부족이었다. 학교의 입장에서는 전 학과가 비등비등하게 발전하며 전체적인 발전을 도모하길 바랄 것이다. 계속해서 성적이 떨어지는 학생들이 입학하고, 추가합격의 폭이 넓어지는 현실은 부담으로 작용할 것이다.

둥근 원탁에 우리는 빙 둘러앉았다. 총장과 학교 관계자는 딱딱한 표정을 감추지 못했다. 자신들의 입장만 최대한 담백하게 표현하고 바로 자리를 털고 나가고 싶은 표정이었다. 재단과 학교 관계자들은 아픈 말을 거침없이 쏟아냈다. "가장, 중요한 것은 학력 격차가 너무 심하다는 겁니다. 우리 대학의 유아교육과만 보더라도 1등급 학생들이 지원하거든요! 그런데 문예창작학과는 추가합격까지 돌려서 네 바퀴가 돌죠. 이런 문제를 극복해야 학교 이미지가 살 수 있어요. 학교라고 이런 결정을 내리기가 쉬웠을까요. 통폐합까지 많은 고민이 있었습니다. 왜 쉽게 설명하면, 분당 사는 사람들이 분당에 거주한다고 하지, 성남에 산다고들 안 하잖아요. 수준의 차이를 느끼니까 그 안으로 편입되기 싫은 거겠죠." 총장은 넌지시 형철을 건너다본다. 마치 수긍하는 기회를 준다는 듯한, 다소 거만한 태도이다.

형철은 차분하고 당당한 목소리로 "인문학의 위기라고 하지만 우리는 그 위기를 기회로 삼아야 합니다. 예술의 위대한 가치를 그런 좌표로 평가하는 건 매우 위험한 결정이에요."라고 힘주어 이야기한다. 장사꾼 같은 총장의 이마에는 번들번들한 기름이 흐르고 있다. 하지만 재단과 학교 관계자들은 형철의 답을 듣고도, 표정에 어떤 변화가 없다. 최근 문학상을 거머쥔 소설가 수현이 앙칼진 목소리로 교수의 말을 받아 잇는다. "저희가 책을 낼 때 프로필에 꼬박꼬박 모교를 적습니다. 졸업생이라는 걸 명시하며 학교의 명예에 보탬이 되도록 활동하고 있지요. 저희 문예창작학과에 좀 더 기회를 주세요." 하며 마치 둥근 원 밖으로 쫓겨나면 영영 돌아올 수 없는 걸 알고 있는 듯 끈덕지게 매달려 본다. 형철은 그런 제자들의 모습이 못내 서럽다.

"이미 결정이 난 일이라 번복하기 힘들어요. 이미 이사장님 확답도 받은 상태고요. 참으로 안타깝게 되었습니다. 하지만, 우리 대학을 너무 원망하지는 말아요. 현재 많은 대학이 문예창작학과를 폐과 처리하고 있어요. 이렇게 통합으로 처리를 해주는 것도 학교 입장에서는 많은 배려를 한 것이거든요. 명맥을 이어가게는 해주자는 것이죠……." 형철은 선심 쓰듯 말하는 학교 관계자의 입을 멍하니 바라만 보고 있다. 동문회장이 마지막으로 승부수를 띄운다. "저희가 학교에 매년 일정 금액 지원금을 약속드린다면 어떨까요? 힘들겠지만 학과를 살리기 위해 최선을 다해 볼 생각입니다만……." 재단 관계자는 설레설레 고개를 저으며 단호하게 말했다. "죄송하지만, 모교를 위해 양보해 주세요. 사실, 다른 대학들도 지금 최대 위기에 직면해 있어요. 여기서 무너지냐 사느냐가 결정된다고 해도 과언이 아닙니다. 그런 불확실한 미래를 담보로 하는 말에 우리가 어떤 희망을 가질 수 있겠어요?" 미래를 생각하지 않는 교육 상황에 형철은 끝내 고개를 떨구고 만다. 이왕 시작한 김에 끝을 보겠다는 듯 총장이 말을 맺는다. "요즘 문예창작학과의 교육에 대해서도 말들이 많잖아요. 작가들 스스로도 그럽디다. 문예창작학과가 문학 교육을 모두 망쳤다고요. 나는 문학을 잘 모르지만, 글이라는 게 습득한 기술로 쓰는 건 아니잖아요. 신춘문예에 당선되거나 문학상을 받기 위해 문예 창작을 공부하는 건 아니니까요." 총장은 얼핏 형철의 눈치를 살핀다.

형철은 말없이 자리를 털고 일어선다. 더는 말을 섞고 싶지 않았다. 형철은 진정성 없는 문학을 가르친 적이 없다. 학생들 스스로 글에 진심을 담길 원했다. 책상머리에 앉아 소설을 쓰지도 않았다. 가난한 쪽방촌 이야기를 담고 싶을 때면 노숙자들을 만나 노숙을 하며 현장을 담고자 했고, 학생들을 데리고 남영동 벌집촌을 찾아 직접 현장을 스케치하도록 만들었다. 그곳에서 만난 주민, 주위들은 이야기, 후미진 골목만의 풍경은 학생들의 손에서 새롭게 묘사되어 얼마나 절절한 글이 되었던가. '값싼 솔담배를 즐겨 피운다.'는 표현도 '값싼 솔담배를 아껴 피워야 진짜 가난을 경험한 것'이라며 쓴소리를 하던 형철이었다. 그런데 총장이 뱉은 한마디 말로, 졸지에 문학 교육의 진정성이 의심받고 있다. 형철은 부끄러웠다. 큰소리치지 못하고 물러서야 하는 자신의 처지가 부끄러웠으나 최대한 교양 있게 마무리하고 싶었다. 제자들이 보는 앞이기 때문이다. 말없이 걸었다. 좁은 복도를 지나 내리막길을 지나 익숙한 육교를 지나 한적한 길까지 모두가 말이 없다. 걷는 걸음에 힘이 빠져 터덜터덜 걷는다. 형철은 변해버린 시대가 참 야속하다고 생각한다. 형철은 무슨 말이든 하고 싶은데 선뜻 생각나는 말이 없다.

앞장서서 걷던 형철이, 휙 뒤를 돌아보며 말했다. "밥이라도 먹자. 배라도 채우고 소주 한 잔이라도 해야지!" 형철은 기쁜 날 먹던 술이 생각났다. 하지만, 슬픈 날도 술이 당겼다. 반가운 제자들의 얼굴을 두고 슬픔에 잠겨 술을 마실 줄이야! 형철이 느낀 허기는 배가 고픈 것만은 아니었다. 삶에 대한 허기, 생에 대한 배고픔이었다. 이렇게 초라하게 마지막이 될 거라 생각하지 못했다. 실력 있는 작가를 배출한 것에 대한 형철의 자존심은 하루아침에 뭉개졌다. 형철의 눈치를 살피던 제자들이 슬며시 퇴임식에 대해 얘기한다. 형철은 짧게 답한다. "영광스럽게 나가는 처지도 아닌 걸 무어." 제자들은 마지막이니 더 화려하게 하자며, 우리들이 서로 박수쳐 주면 그뿐이란다. 형철의 가슴에 퍽 위안이 되는 말이다. 생각해 보시고 답을 달라며 학과가 없어져도 문인회는 살림을 이어갈 것이라고 다짐한다. 문학상도 매년 시상하고, 문집도 꾸준히 발행하자며 나름의 청사진을 그리는 제자들이 형철은 고맙고 미덥다.

'목매달아 죽어도 좋은 나무, 문학' 동료 박범신 작가의 소설 구절을 인용해 플래카드를 만들어 걸기도 하고, 매주 우수한 작가를 초청해 문학 강연을 열었다. 한하운의 시집을 이야기하며, 문장만으로 평가받고 싶다는 작가의 고백이 강당에 울려 퍼지던

호시절도 있었다. 하지만, 지금은 어떤가. 취업이 보장되지 않는다는 이유로, 학교 발전기금이 적다는 이유로 시대가 더는 문학인을 원하지 않는다는 이유로 거침없이 뒷방 노인네 신세가 되었다. 형철은 자신은 아무래도 괜찮다고 생각한다. 하지만, 우리들이 목숨처럼 지켜온 문학을 홀대하는 장사치들의 기준이 치가 떨리게 혐오스럽다. 문학의 위대한 가치에 대해 형철은 가만히 곱씹어 본다. '의미 있는 마지막이어야 해.' 형철이 두런두런 혼잣말을 뱉는다.

소설 선집을 내고 싶기도 했고, 호텔 룸을 잡아 맛있는 식사를 대접하며 자리를 마무리하고 싶기도 했다. 하지만 문학이 홀대받는 이 시점에 형철은 결단한다. 마지막 수업에 지금까지 졸업생들을 모두 초대하기로 한다. 학교 측에 양해를 구했다. 마지막 수업을 하고 싶다고, 학과가 통폐합되는 과정에서 한 번은 공지해야 하는 일이니 큰 강당을 대여해 달라고 사정한다. 형철은 아직도 학교와 의논해야 할 일이 있다는 것이 싫지만, 어쩔 수 없는 노릇이다. 아직은 학교에 매여 있는 몸이다. 학칙에 준해 바르게 행동해야 하고 교수로 모범을 보여야 하는 처지니 정중하게 해야 한다.

형철은 그 어느 때보다 정성껏 강의를 준비한다. 문학의 진정성에 대해 위대한 가치에 대해 이야기하기 위해 원고를 쓴다. 우리가 잊고 있던 문학의 아름다움을 기억해야 한다고 쓴다. 문학은 반드시 세상을 바꾼다고 쓴다. 그만큼 힘이 세다고 쓴다. 형철의 마지막 강의를 듣기 위해 멀리 지방에서 아이를 안고 온 애 엄마가 된 제자며, 머리칼이 얼마 남지 않은 푸르던 문청들, 유명지에 등단하고 자취를 감춰버린 시인 제자며, 뮤지컬 대본을 쓰는 제자들도 형철의 마지막 수업에 호응해 주었다. 하나, 둘 자리가 채워진다. 문예창작학과의 통폐합 소식은 제자들에게도 가슴 아픈 일이다. 옛 스승의 마지막 손짓에 제자들은 한걸음에 달려와 준 것이다. 재학생들도 마지막으로 빠짐없이 한자리에 모였다.

"힘든 중에 행복한 날을 회상하는 것만큼 괴롭고 슬픈 시간은 없더군요. 돌아보면 과분하게 행복한 시간이었습니다. 아쉽게도 문예창작학과는 이제 통폐합이 결정되어 더는 모교에서 대학 수업을 들을 수는 없지만, 여기 모인 우리들이 문학을 포기하지 않길 바랍니다." 형철은 목청껏 소리를 높인다. "존경하는 작가 제롬 데이비스 샐린저의 소설『호밀밭의 파수꾼』에는 이런 대목이 나와요. '내가 할 일은 아이들이 절벽으로 떨어질 것 같으면, 재빨리 붙잡아 주는 거야. 애들이란 앞뒤 생각 없이 마구 달리는 법이니까 말이야. 그럴 때 어딘가에서 내가 나타나서는 꼬마가 떨어지지 않도록 붙잡아주는 거지. 온종일 그 일만 하는 거야.' 말하자면 호밀밭의 파수꾼이 되고 싶다고나 할까." 형철은 수줍게 고백한다. 비록 학교를 떠나지만, 제자들이 든든한 파수꾼 노릇을 자청하며 짐짓 목소리를 높인다. "우리, 작가답게 살아갑시다!" 형철은 제 목소리가 짐짓 너무 크게 들려 당황하지만, 마지막 수업임을 상기하고 목청을 결코, 낮추지 않는다.

유령

유령

　단번에 그녀의 이름을 떠올리지는 못했다. 기억 저 편에서 여고생 교복을 입고 살포시 웃고 있는 그녀의 움푹 파인 보조개가 먼저 떠올랐고, 그 다음에는 나긋나긋했던 그녀의 목소리와 동그랗고 탐스럽게 튀어나온 앞이마가 그려졌다. 그녀는 내게 많은 친구들 중에 한 명이었다. 늘 주변에 사람이 많았던 나는 인연에 대해 아쉽지 않았고 곁을 주는 친구들이 허다했다. 활발하고 싹싹한 나는 친구들 사이에서 인기가 좋았다. 모두가 사교성이 좋은 나와 친구하기를 원했다. 내가 우두머리인 무리에 끼고 싶어 안달했다. 나는 새 학기가 시작되면 새로운 또래 친구를 사귀기에 바빴고 그렇게 우리는 차츰 소원한 사이가 되어 갔다. 의례적인 인사처럼 시간을 내서 만나자고 약속을 했고, 페이스 북이나 카카오 스토리를 통해 각자의 소식을 전하며 짧은 댓글을 달기도 했다. 그건 대단한 친분이 아니더라도 얼마든지 할 수 있는 일이었다.

연말에는 얼굴 한번 보자고 얘기했을 것이고, 한 해를 마무리하며 반드시 그녀를 만나지 않더라도 실상 아쉬울 건 없었다. 다음해에 만날 수 있으리라 생각했고, 만남이 뜸해진 우리가 만나 딱히 나눌 대화도 없었다. 신기하게도 매일매일 만나는 친구들과는 왜 그리도 할 말이 많은지! 오늘도 보고 내일도 만나는 동기들과는 끊임없이 수다를 떨게 되지만 드문드문 만나는 사람들과는 시간이 참 더디 갈 만큼 할 말이 없다. 나는 공허하게 서로의 안부를 챙기는 것에 별 의미를 두지 않았고 최근의 만남들만을 중시하는 경향이 있었다. 허다한 유령 인맥들은 발이 넓다는 걸 강조하기 위한 것일 뿐 의미가 있는 인연들이 아니었다.

그녀는 전화번호가 바뀌거나 새로운 학원에 등록하거나, 직장에 이동이 있거나, 동네를 이사하는 일이 생기면 내게 꼭 보고하듯 알려 주었지만 나는 그렇지 않았다. 특별히 그녀에게만 까칠하게 군 건 아니었다. 워낙 사람 귀한 줄 모르고 살았던 나는 그런 소소한 일상을 공유하는 것을 퍽 성가신 일로 치부하고 있었다. 새로 개발된 똑똑한 앱들은 내가 타인의 정보를 저장해 두지 않아도 상대가 나를 기억하는 한 잊히지 않도록 만들어진 것이 많다. 상대의 이동전화에 내 번호가 삭제되지 않는 한 연락은 끊기지 않았다. 나는 그런 편리한 기능들을 앞세워 다소 거추장스러운 전화번호들을 일일이 저장해 두지 않았다. 백화점에서 신상을 고르며 설레어 하는 마음처럼 새로운 친구들과의 대면이 늘 벅찼고 이왕이면 새로운 얼굴들과 익히며 인맥을 넓혀가는 것이 바람직하다고 생각했다. 학업수행 능력이 월등하다거나 인물이 뛰어나게 예쁘다거나 끌리는 구석이 있는 매력을 갖췄다면 나는 그녀를 단번에 기억해 주었을지 모른다.

근근하게 명분만을 이어나가고 있는 유령 인맥들이 나는 꽤 많았다. 파워 블로거임을 나름 뿌듯하게 생각하며 인맥들이 곧 영향력이라며 거들먹거리기도 했다. 인터넷상에서 우리는 서로 얼굴을 마주하지 않더라도 은근한 관심을 보이며 서로 친구가 될 수 있었고 상냥하게 서로 댓글을 달며 관계를 유지해 나갔다. 끈끈한 사이가 아니더라도 웹에서 만난 우리는 서로의 식사 메뉴를 공유할 수 있고 새로 구입한 신상 구두를 보며 취향쯤을 알아내는 건 일도 아니었다. 서로가 남긴 사진이나 글 아래 감상이나 댓글이 얼마나 달려 있는지가 매우 중요했다. 하루에 의무적으로 두어 장의 사진을 올렸다. 내가 업데이트한 사진들을 보며 사람들은 나와 만나지 않더라도 나의 근황에 대해 아는 척 할 수 있었다. 나 또한 팔로우하는 친구들과 구태여 장소를 정해 만남을 약속하지 않더라도 그들과 가까운 척하며 꾸준히 연을 이어갔다. 마음만 먹으면 얼마든지 새로운 인연을 만들 수 있었던 나는 옛 인연에 연연하지 않았다. 지난 우정들을 그리워하거나 애달플 겨를도 없이 손을 내밀어 주는 친구들이 많았고 대학에 진학하여 같은 학과 동기들은 같은 목표를 향해 걷는 무리였으므로 그들과 통하는 얘기들이 훨씬 더 많았다. 강의실에서 함께 공부하고 엠티를 가서 거나하게 같이 취하며 우리는 다가온 새로운 무리에 충실했다. 간혹 고등학교 동창 모임에 참석할 때면 옛날 친구들의 우정이 살포시 떠오르기는 했지만 그때뿐이었다. 새로운 친구들은 그네들을 그리워하지 않도록 살뜰히 나를 챙겨 주었고 사랑을 주고받기에 바빠 지난 일은 쉬 잊고 지냈다.

그녀에 대한 특별한 기억은 없다. 내게 편지를 자주 써 주었고, 나를 향해 잘 웃어 주었으며 온순한 그녀의 성격 탓에 우리는 크게 말다툼을 하거나 언성을 높여 본 기억이 없다. 그래서 나는 그녀와 친했지만 심심한 기억으로만 그녀가 기억되었다. 서로를 절실하게 바라봐 온 사이도 아니었다. 비단 내 입장에서는 그랬다. 하얀 전지에 가득 손 편지를 써 주었던 날, 나는 또박또박 눌러 쓴 예쁜 글자들이 고마워서 그녀에게 우정을 맹세했었다. 소소한 추억들이 떠오르긴 하지만 여고 시절, 그 정도의 추억도 없는 사람이 있을까. 우정에 울고 웃던 시절, 남들처럼 나도 친구가 많은 것을 자랑으로 여기며 어깨를 으쓱거렸을 뿐이다. 우정 반지를 선물 받았던 것도 같지만 불분명한 기억이다. 그런데 뜬금없이 그녀가 죽어버렸다. 그녀의 부음을 전해 듣고서도 나는 슬프기보다 놀라웠고 그 다음에는 젊은 나이에 떠난 것에 울컥했으며 황망스럽기는 했지만 머릿속으로는 빈소를 가는 게 맞는지 딱히 갈 필요는 없는지 계산 중이었다. 어린 나이 탓에 장례 절차에도 서툰 내가 빈소를 찾는다는 건 부담되는 일이었고, 심적 부담을 감내할 만큼 찾아야 하는 인연인지도 고민되었다.

분명 마음이 아프기는 했지만 쓸쓸한 정도였다. 눈물이 솟구

칠 만큼의 서러움도 아니었다. 그 와중에도 대리로 부의금을 전달하는 것이 편하겠다는 계산이 있었으며, 누구에게 부탁을 해야 할지 머리를 굴렸다. 적당히 슬퍼해 주어도 크게 미안한 마음이 들지 않을 만큼 그녀는 내게 존재했다. 오 만원과 삼 만원 사이에서 갈등할 만큼 무겁지 않은 우정이었다. 한때나마 친했던 친구의 죽음은 분명 안타까운 것이었다. 하지만 그보다 더 놀라운 것은 그녀가 사후 계정 관리자로 나로 지목하고 떠난 것이었다. 자신의 개인 홈페이지를 관리하는 역할을 내게 부여했다. 탐탁지 않을 겨를도 없다. 죽은 친구를 향해 왜 내가 너의 계정을 떠맡아야 하느냐고 물을 수도 없다. 잊히고 싶지 않은 망자는 나를 붙들고 부디 가족과 친구들이 자신을 잊지 않게 해 달라고 애원하고 있다.

　전화가 걸려오긴 했다. 받지 않았다. 최근 나는 뜻하지 않게 삼각관계에 휘말려 마음고생을 하고 있었고, 그 문제만으로도 충분히 머리가 아팠다. 사람의 마음을 얻는다는 것이 처음으로 어렵게 느껴지는 순간을 살면서 삼각의 틀 안에 존재하지 않는 모두가 관심 밖의 대상이었다. 조건이 좋은 사람이었다. 명문대학을 졸업하고 대기업에 입사하여 연봉도 높았고, 인물도 훤할 뿐 아니라 성격까지 좋았다. 그래서 그는 사람의 마음을 얻는 데 욕심 부리지 않았고 다소 느긋해 보이는 성격이라 안달이 나는 건 내 쪽이었다. 눈웃음을 칠 때 두 눈에 봉긋 솟는 애교살은 그를 더욱 정감 있는 사람으로 보이게 만들었다. 방긋 웃고 있는 그는 저울을 들고 썸 타는 여자들을 향해 손짓했고 자신의 행동이 오해의 소지가 있다는 것에 동의하지 않은 채, 마음가는대로 행동하는 친절한 남자였다. 중저음의 부드러운 음성은 그의 말에 귀를 기울이도록 만들었고 또렷한 입술 윤곽은 사람을 더욱 야무져 보이게 만들었다. 그의 못마땅한 점을 나무라기에는 이미 마음이 기울어진 나는 꿀 먹은 벙어리가 되어 끙끙 앓고 있던 참이었다. 한 가지에 올인하는 성격의 나는 밤낮없이 그를 내 사람으로 만들 욕심에 가득차서 우연을 가장한 만남을 만들기에 바빴다. 내 자존심을 지키기 위해서 나는 먼저 그의 사랑 고백을 듣고 싶었다. 내 마음을 숨긴 채 상대의 마음을 들여다보는 건 매우 어려운 일이었다. 내게도 절박하게 원하는 인연이 생긴 건 스스로 생각해도 놀라운 일이었다.

오랜만에 걸려온 그녀의 전화가 반가울 리 없었다. 오히려 부담이 될 뿐이었다. 그 뒤로도 두어 번 전화가 걸려왔지만 나는 짧고 간단하게 '수업 중입니다.' 혹은 '지금은 전화를 받을 수 없습니다.', '다음에 다시 연락을 드리겠습니다.'라는 성의 없는 단문 메시지를 전송했다. 일일이 메시지를 전송하는 건, 많은 팔로워들을 거느리기 위한 필수조건이다. 나는 내 이름을 클릭하면 많은 친구들이 나와 얽혀 있는 인연인 것이 좋아서 친구의 숫자가 점점 늘어나는 것을 은근 내보이고 싶어 했다. 물론, 수업이 끝난 후에도, 충분히 전화 통화가 가능한 시간에도 나는 그녀에게 전화를 걸지 않았다. 그는 쉽게 말하자면 관리해야 하는 수

많은 일촌 중에 한 명이었던 셈이다. 당시의 나는 심란한 마음을 추스르기에도 바빴다. 그녀는 통화를 피하는 것을 눈치챘을 것이다. 마음이 너그러운 친구이긴 했지만 제법 눈치도 빨라서 타인에게 부담을 주는 타입은 아니었다. 내가 원하는 만큼의 거리에서 나를 바라봐 주었고 단짝 친구이길 원하거나 친구 사이를 질투해 잡음을 일으키지도 않았다. 그런 그녀가 지금 제대로 내 뒤통수를 치고 있다.

급성 백혈병을 진단 받고 죽은 친구는 시한부를 선고 받고 얼마 살지 못하고 떠났다. 전조증상이 전혀 없었기 때문에 급속하게 나빠지는 병의 진행을 전혀 눈치채지 못했다고 했다. 그녀는 내가 사용하지 않는 메일함에 자신의 사연을 빼곡하게 적어 전송해 주었다. 새로운 기종의 휴대폰으로 교체를 하고 난 뒤에 인증 받은 이메일 주소를 변경하였고, 사용하지 않는 전자우편함에는 로그인할 필요가 없었다. 고등학교 시절, 자주 이메일을 주고받았던 우리는 당시 사용하던 메일로 내게 꾸준하게 연락을 취했던 것이다. 내가 그녀를 잊고 사는 동안에도 그녀는 나를 가장 좋은 친구로 생각하며 나를 향해 자신의 마지막을 지켜봐 줄 것을 요구하고 있다. 소박한 추억으로만 자리했던 그녀가 부담스러운 우정의 몫을 주장하고 있다.

학교 앞에서 삐악삐악 샛노란 병아리를 산 적이 있다. 예쁘고 귀여운 외모에 반해 덜컥 병아리를 샀지만 키울 수 있는 형편이 아니었다. '삐약이'라는 이름도 지어주었지만 치매에 걸린 할머니는 병아리를 그저 장난감 정도로 치부해 버릴 것이 뻔했다. 최근 들어 더욱 난폭해지고 있는 할머니를 생각하니 도저히 삐약이를 집으로 데려갈 용기가 나지 않았다. 손바닥 위에 앉아 삐약삐약 노래하는 병아리를 보며 한숨을 짓고 있는 나를 향해 그녀는 손을 내밀어 주었고 나 대신 삐약이의 자상한 엄마가 되어 주었다. 삐약이를 인연으로 우리는 특별한 관계로 발전했고, 마음을 나누는 친구가 되었다. 선한 인상의 그녀에게 삐약이를 맡긴 것은 탁월한 선택이었다. 삐약이는 비실대지 않고 꼬꼬닭으로 성장할 수 있었으며 훗날 시골에 내려가 알까지 품으며 사는 팔자 좋은 닭이 되었다. 그녀는 항상 삐약이의 안부를 전하며 "우리 삐약이는 잘 있어!"라고 말했다. 이미 삐약이의 엄마는 그녀임이 너무나 분명했지만 항상 첫 주인인 내가 듣기 좋도록 '우리'라는 단어를 사용해 주었다. 우리는 서로를 '삐약이 엄마'라고 부르며 부쩍 가까운 사이가 되었던 것이다.

그녀와 함께 도서부 동아리를 했던 친구는 내게 담담하게 말했다. "윤주가 너를 사후 계정 관리자로 지목했다고 하더라. 알고 있었어? 기념 계정 관리자말이야." 사후 계정 관리자라는 것이 있는 줄도 몰랐다고 답하지 못했다. 도통 나와 관련한 이야기로 인식하지 못한 까닭이다. 동명이인이 아닐까? 잠깐 생각해 보았지만 그렇게 믿기에는 흔치 않은 성씨를 지녔다. 나의 당황스러운 마음을 뒤로 하고 그녀는 말을 이었다. "나도 기념 계정 관리자가 생소해서 찾아봤거든. 그랬더니 세상을 떠났을 때 내 계정을 관리할 가족이나 친한 친구를 선택하라고 되어 있더라. 죽을 걸 생각했으니까 이것저것 정리했을 거 아니니, 얼마나 마음이 아팠을 거야……." 웅웅 귓가를 맴도는 이야기들은 끊이지 않고 이어졌다. "나는 윤주랑 너랑 지금껏 이렇게 각별한 사이인 줄은 몰랐지 뭐야. 하긴, 니 둘 유별나긴 했잖아. 서로 삐약이 엄마라고 하면서 말이야……, 넌 괜찮은 거야? 남은 사람들도 걱정이다……." 어떤 인사를 마지막으로 통화를 종료했는지 기억도 나지 않는다. 전화를 끊고 메일함을 열어 보니 '마지막 편지'라는 제목의 편지가 도착해 있었다. 실로 얼떨결에 망자의 마지막 유언을 받들게 된 셈이다. 거절할 수 있는 기회 같은 건 주어지지 않았다. 나는 가족보다 가까운 사이가 아니며, 너를 위한 마음이 기념 계정을 관리할 만큼 네 존재가 크지 않다고 진심을 다해 미안한 마음을 말하고 회피했을 일을, 나는 떠안게 되었다.

메일에는 "기념 계정 관리를 너에게 부탁해서 미안해. 아버지와 어머니께는 차마 부탁할 수 없었어. 남은 기억만으로도 불효를 저지르는 것 같아서 마음이 아프거든, 나는 너를 참 좋아했어. 그래서 네가 날 기억해 주길 바라고 이렇게 떠나지만 주변의 사람들이 나를 가끔은 잊지 않고 추억해 주었으면 좋겠어. 죽음을 앞두고 신중하게 생각하고 내린 결정이니, 부담스럽더라도 내 생에 기록들을 잘 관리해 줘. 부탁할게. 남아 있는 가족과 친구들에게 영영 잊혀진다는 건 슬픈 일이더라, 가끔은 나라는 사람이 이 세상에 존재했었다는 걸 떠올려 주었으면 좋겠다는 생각이 들었어. 그래서 계정을 폐쇄하지 않고 남겨두기로 마음먹었지……. 너도 나를 기억 속에서 영영 지우지 말고 추억해 주었으면 좋겠다."고 적혀 있었다.

링크를 걸어 둔 주소를 클릭하니 그녀의 계정으로 자동 연결이 되었다. 그녀의 메모판에는 죽기 전에 해야 할 일들이 빼곡하게 쓰여 있었고 사진첩은 일일이 폴더를 생성하여 바탕화면에 잘 관리되어 있었다. 아버지와 함께 이발소 가기, 어머니 모시고 목욕탕 가기, 은냥이 멋진 집 지어주기에는 엑스표가 큼직하게 쳐져 있는 것으로 보아 미션이 완료된 것으로 보인다. 그녀는 버킷리스트 중 고작 세 가지만을 완수한 것일까. 가족사진 찍기, 할머니 산소에 인사드리러 가기, 성당에 가서 기도하기, 영정사진 찍기, 노래방 가서 혼자 노래 불러보기, 수의 맞춰두기……, 남은 과제들을 눈으로 훑어 읽으며 마음이 헛헛했다. 나는 지금에야 그녀의 종교를 알게 되었고 소박한 희망에 관심을 기울이고 있다. 살아서 만났더라면 어쩌면 수월하게 도울 수도 있는 일들이었다. 혼자 노래를 불러보고 싶게 만들어서 미안했고 자신의 수의를 고르는 젊은 여자의 허허로운 발길은 꼭 나와 친구가 아니더라도 상상만으로도 가슴이 메었다. 길 고양이를 분양해 키우면서 지극 정성을 쏟았던 모양이다. 자신이 가고 없으면 이 여린 생명을 누구에게 위탁해야 할지 고민하면서 적어 둔 마음 아픈 글도 있었다. 가족사진에서는 졸업식 때 보았던 아버지와 어머니가 웃고 계셨고 사진 속에서는 불행한 그늘이 없었다.

어쩌면 급성 백혈병을 진단 받기 전의 모습일지 모르겠다. 사진 속의 부모님은 밝게 웃고 계셨지만 친구의 죽음 때문일까. 웃고 있는 모습마저도 너무 처연하게 보였다. 나는 마지막 미션을 눈으로 훑어 내리며 순간 가슴이 쿵 내려앉았다. 진희에게 계정 관리 부탁하기.

'J'라고 적힌 폴더함은 내 이름의 약자였다. 나는 직감했다. 친구가 내게 계정 관리자를 남긴 이유가 적혀 있을 것임을 느낌으로 알 수 있었다. 하지만 두려움이 엄습했다. 'J'라는 폴더를 클릭하는 순간, 무언가 그녀에게 미안한 일이 생각날 것 같은 불안감이었다. 사과를 할 길도 없는 죽은 친구에게 미안한 마음을 갖고 싶지는 않았다. 무거운 짐을 지고 걷는 건 딱 질색이었다. 그러고 보니 언젠가 우리는 인디언 속담을 이야기하며 "나도 너의 무거운 짐을 대신 지고 걷는 친구가 될게."라고 속삭였던 것도 같았다. 흐릿한 기억 속의 그녀가 나를 자꾸 불러 세우고 있다.

항상 같은 자리에서 나를 기다려주던 친구였다. 수학여행을 갈 때도 그녀는 나를 위해 옆자리를 비워 두었지만 나는 마음껏 수다를 떨고 무리지어 놀고 싶은 욕심에 "뒤에서 은영이랑 앉을게! 도착해서 놀자."라고 명랑하게 말했던 것 같다. 약간 미안한 마음이 들긴 했지만 찰나일 뿐이었다. 시끌벅적한 친구들 틈에 끼어 나는 곧 그녀를 잊었다. 내가 나의 인생에 그녀를 비중 있게 두지 않았듯 그녀 또한 나를 비중 있게 두지 않기를 바랐다. 도착한 여행지에서 우리는 사진을 찍었고 소프트 아이스크림을 사먹었으며 촛불을 켜고 소원을 빌며 우정을 맹세했다. 서로에게 좋은 친구가 되자고 했고, 우리의 우정이 영원했으면 좋겠다고 말했다. 그 순간은 나도 진심이었을 것이다. 시간 속에서 차츰 잊히는 것은 당연한 것일지도 몰랐다.

오래간만에 학교 앞에 왔더니 우리가 자주 찾던 분식집 주인이 바뀌었다고 했다. 쫄면 순두부를 먹으며 우리도 이렇게 대박 메뉴를 개발해 보자고 했던가. 학교 담장 너머로 개나리꽃이 흐드러지게 피었다며 환하디 환한 모교 사진을 전송해 주었고 내 생일이면 케이크 교환권을 모바일 쿠폰으로 전송해 주었다. 남자친구가 생겨 커플 사진을 올리면 사랑하는 사람과 좋은 시간을 보내라는 문자와 함께 음료 무료 이용권을 보내 주었고, 폭우나 폭설로 내가 사는 동네가 뉴스에 거론되면 어김없이 전화를 걸어 안부를 물었다. 각별한 그녀의 우정을 몰랐다고는 하지 않겠다. 하지만 처음부터 그녀와 나의 관계에서 베푸는 쪽은 그녀였으므로 나는 받는 것이 당연한 줄 알았던 것이다. 학교를 졸업하고 그녀를 만난 횟수는 손가락으로 셀 만큼 적었지만 늘 따뜻하고 변함없는 우정을 베풀어 주었다.

그녀의 우정을 쉽게 기억하지 못하는 건, 그녀와 비슷한 친구들이 많았던 까닭이다. 이메일 쿠폰함에는 나를 위한 기프트가 늘 만족스럽게 담겨 있었으며 수시로 이모티콘을 보내주는 친구들도 많았다. 끊이지 않고 카톡 메시지가 울려댔고 페이스북에는 나의 접속 시간을 기다려 말을 거는 친구들도 많았다. 또래 집단의 지지를 당연시 받으며 살아 온 나는 정을 담아 살갑게 구는 주변인들이 항상 많아서 대단히 잘해주지 않는 한 잘 기억해 내지 못했다. 학교에서 인기투표를 하면 내 이름은 당연히 올라 있었고 친구들의 지지가 필요한 일에서는 밀리는 법이 없었다. 내가 마음먹고 선거에 출마하면 얼마든지 원하는 지위를 얻을 수 있을 만큼 나름 두터운 선망의 대상으로 살았다. 그래서 나는 사랑을 받은 만큼 돌려주는 방법에 서툴렀다. 성탄절이면 손수 만든 예쁜 카드를 제일 많이 받았고 생일에는 들고 가기 버거울 만큼 꽃을 받았다. 밸런타인데이에는 등교하면 책상 위에 고급스럽게 포장된 초콜릿이 놓여 있는 게 당연했다.

아직은 'J' 폴더함을 누를 용기가 나지 않는다. 어차피 살아 있는 동안 나는 그녀의 사후 계정을 관리해 주어야 한다. 조금 늦게 사후 계정을 관리한다고 해도 달라지는 것은 없었다. 전화가 걸려 왔다. 오늘이 발인식 예배가 있는 날이라며, 죽은 그녀가 나의 참석을 원한다는 전갈이었다. 사촌 오빠라고 신분을 밝힌 앳된 음성의 남성은 "고인의 마지막 부탁이니 꼭 참석해 주시길 부탁드린다."며 정중하게 청했고, 나도 그녀의 가족을 만나 위로를 전하고 싶었다. 나를 사후 계정 관리자로 지정해 놓을 만큼 나에 대한 마음이 컸던 친구의 마지막을 배웅하는 것은 어쩌면 당연한 도리인지도 몰랐다. 마땅한 도리를 행하지 않는 친구에게 그녀는 화가 났는지도 모른다. 헤어짐에 대한 마음의 준비가 되어 있지 않은 나였다. 그녀의 부음이 아니었다면 차츰 더 멀어지고 잊힌 인연이었을 것이다. 나는 더 이상 관계를 발전시킬 마음이 없었고 그저 핸드폰 속에 가득한 유령 인맥들처럼 서서히 멀어지고 말았을 얄팍한 우정이었다.

　예의를 갖춰 옷을 차려 입었다. 영정 사진을 보면 실감이 날까? 급성 백혈병의 진행은 생각보다 빨랐던 모양이다. 젊다는 건, 병이 낫는 속도도 빠르지만 진행하는 속도도 생각보다 빠르다고 들었다. 미처 영정 사진도 찍지 못하고 교복을 입은 열일곱의 그녀가 내 쪽을 건너다보며 엷은 미소로 나를 맞았다. 눈에 익숙한 그 모습을 보니 이 모든 것이 현실감 있게 다가왔다. 친구의 죽음도, 내가 기념 계정 관리자가 된 것도, 곧 있을 발인 예배도 현실감 있게 전해졌다. 고운 향기를 머금은 국화를 그녀 앞에 내밀었다. 우리가 다니던 고등학교 앞에는 유난히 꽃을 파는 아주머니들이 많이 찾아왔다. 다른 학교 앞에는 입학식이나 졸업식이면 펼쳐지는 풍경이 우리 학교 앞에서는 매번 펼쳐졌다. 지하철역과 근접해 있는 지리적 위치와 중·고등학교를 통합하여 운영하고 있었기에 학교에 다니는 학생의 숫자도 많았다. 그런 까닭에 우리는 기념일이면 으레 꽃을 샀다. 꼭 꽃다발이 아니더라도 수시로 꽃을 주고받았다. 선생님의 생신에도 꽃을 선물해 드렸고, 환경 미화를 할 때도 꽃은 빠지지 않았다. 어여쁘게 포장된 예쁜 꽃은 늘 여학생인 우리들의 마음을 매혹시키기에 부족함이 없었다. 그제야 나는 그녀에게 많은 꽃을 선물로 받았던 일이 생각났다. 노란 장미를 한 송이 쪽지와 함께 전해 주었던 친구, 빨간 장미는 나이에 맞게 숫자를 헤아려 생일날 선물해 주었었다. 많은 꽃다발 속에 쌓여서 그녀가 내민 한 송이 장미의 가치를 잊고 지냈을 뿐, 그녀는 내게 학교 앞 꽃장사의 꽃을 자주 사다 주었다. 꽃은 단아한 그녀의 이미지와 잘 맞아 떨어지는 선물이었다. 너무 늦게 찾아 온 친구를 원망하는 기색도 없이 온화하게 미소 짓는 그녀 앞에서 나는 눈물이 났다.

발인 예배는 천주교 식으로 엄숙하게 진행되었다. 긴 잠에 빠져 있는 친구의 얼굴은 생기 있게 화장을 마친 뒤라 그런지 살포시 잠을 자는 듯한 얼굴이었다. 핏기가 없는 볼도 발그레하게 분칠이 되어 있어서 마치 흔들어 깨우면 베시시 웃으며 일어나 앉을 것도 같았다. 그녀의 아버지는 사진 속에서보다 훨씬 야위었고 굵은 주름이 늘어 있었다. 어머니는 끄윽끄윽 터져 나오는 울음을 참으셨지만, 끝내 오열하고 말았다. 다리에 힘이 풀려 주저앉은 어머니는 다시 일어설 기력조차 없어 보였다. 털썩 주저앉은 어머니 옆에 널브러지듯 쓰러지는 아버지를 동생이 부축하는 모습을 통해 남은 사람들의 서러움을 느낄 수 있었다. 상태 메시지에 그녀가 남긴 글이 떠올랐다. 금강경의 한 구절을 인용해 '산다는 것은 죽어가는 것' 어차피 사람들은 모두 태어나는 순간부터 죽음을 향해 달려가고 있다며 이제는 담담하게 세상의 것들을 놓을 수 있다고 했던가, 마음을 비우고 나니 한결 마음이 편해졌다고 했던가. 심드렁하게 보아 넘긴 상태 메시지는 살고 싶은 그녀의 진짜 마음인지도 모른다. 다른 누구에게 하는 말이 아닌, 오직 나에게만 속삭이는 말들이었으리라.

마지막 편지가 아닌, 나와 얼굴을 대면하고 실컷 울고 싶었을 친구의 외로운 마음이 전해졌다. 자신의 생을 정리하면서 내 얼굴을 떠올려 주었을 친구의 허전한 속내가 오롯이 전해지자 서러웠다. 다시는 그녀의 따뜻한 손을 잡아 줄 수 없다는 것이 슬펐고, 외면당하는 우정에 속상했을 마음을 풀어주지 못한 내가 미웠다. 발인 예배를 마치고 나오는데 그녀의 동생이 나를 불렀다. "진희 누나 맞지요? 누나가 이 반지를 꼭 전해 주라고 부탁했어요. 발인 예배에는 올 거라면서 누나가 오면 이 반지 좀 전해 달라고 했어요."라며 퉁퉁 부은 눈으로 반지를 전해 주었다. 기억에서 희미했던 윤주와 함께 맞춘 우정반지였다. 얇은 은반지에 작은 하트가 달랑달랑 달린 촌스러운 디자인의 우정 반지를 나는 알아볼 수 있었다. 그녀가 그토록 소중히 여겨주었던 추억을 나는 너무 쉽게 잊고 살았다. 시간이 지나 묵은 때가 낀 은반지를 받아들자 지나간 시간들이 새록새록 떠올랐다. 윤주는 담담하게 말했다. "나는 네가 좋아. 그냥 참 좋아. 좋아하는 건 이유가 없다고 하더니! 그 말이 정말 맞더라."

그녀와 나는 너무도 달랐다. 나는 무조건 사람을 좋아하지 못하고 사람을 사랑하기 전에 그가 손에 쥐고 있는 것을 먼저 들여다보았다. 손아귀에 쥐고 있는 것이 많고 넉넉할수록 그 사람은 더욱 사랑스러웠고 마음에 확신이 생겼다. 순수한 마음으로 사람을 바라보는 건 불가능하다고 믿었다. 인맥이 화려한 사람일수록 더 탐이 났다. 가슴 깊이 철없던 시절의 고백이 울려 퍼졌다. "그냥, 좋아."

　이동전화의 진동이 요란스럽게 울렸다. 나의 마음을 쥐락펴락했던 남자로부터 연락이 왔다. 삼각관계를 유지하면서 버거웠던 나는 모든 걸 놓아 버리고 싶었고 뜻한 바 없이 기념 계정 관리자가 되어 버린 윤주의 일만으로도 심적으로 부담이 갔다. 파블로프의 개가 생각났다. 수시로 연락하며 목을 매던 내가 그의 무관심에 반응이 없자 그는 내 소식이 궁금해진 것이다. 반응이 없는 나에게 슬며시 반응을 보이며 지루한 삼각관계를 다시 끌고 가고 싶은 듯했다. 눈에 보이지 않는 희망을 품고 내가 다시 연락할 것이라는 계산이 깔려 있는 것이다. 활자 가득 나를 향한 안부를 묻고 있지만 진심이 느껴지지는 않았다. 삼각관계에 질질 끌려 다니며 시간을 허비하지 않고 그녀의 마음을 돌아봐 주었더라면 얼마나 좋았을까. 사내의 마음을 얻기에만 급급해 친구의 우정을 등한시했던 시간이 후회되었지만 이미 늦었다. 나는 그의 번호를 수신차단하고 카카오톡 친구목록에서 차단했다. 가식만이 가득했던 그에게 이러한 대응은 아주 정당한 것이다. 그는 불만이 가득한 못마땅한 표정을 지으며 눈썹을 찡긋거리겠지만 내가 그랬던 것처럼 쉽게 나를 잊고 다가오는 인연을 반갑게 마중하며 살아갈 것이다. 그가 사랑을 갈구했던 사람들을 일일이 챙겨 배웅하지 못하는 것은 분명 고의성을 갖지는 않는다. 그만의 잘못이 아님을 똑똑히 알고 있으나, 미필적 고의에서 자유로울 수는 없다.

그녀를 위해 내가 할 수 있는 일은 무엇일까. 나는 처음으로 그녀의 마음속으로 침잠해 본다. 늘 평행선 같은 내 마음을 향해 잔잔한 애정을 전해 주었던 친구, 그녀는 곁에 없지만 이제야 나는 진짜 곁을 내어 주는 우정을 깨닫는다. 미필적 고의, 단 한 번도 그려보지 않은 그녀의 죽음이지만 쓸쓸한 그녀의 마지막에 나는 동조하였다. 소셜에서 저렴하게 맛집 쿠폰을 샀어, 대학로에 연극을 보러 가고 싶은데 시간이 되니, 네가 기억할지 모르겠는데 우리가 갔던 공원에 유채꽃이 아름답게 피었어, 모교에서 축제를 한다고 하는데 우리도 일일찻집에 갈까? 미적지근하게 확답 없는 나를 향해 돌아선 우정에 항상 최선을 다했던 친구, 살면서 그녀를 그리워하는 건 순전히 나의 몫이 되었다.

조건이 좋은 남자를 탐하며 나를 받아주지 않을 거라면 차라리 단념시켜 주길 원했다. 뜨뜻미지근한 태도를 보이며 밀고 당기는 치졸한 사랑을 하면서 사랑을 간보는 그를 얼마나 힐난했던가? 닿을 듯 닿지 않는 사내를 욕심내면서 내 편협한 사랑은 돌아보지 못했다. 친구는 마지막 길을 떠나면서 내게 진실되지 않은 사랑을 포기할 수 있는 용기를 심어 주었다. 어쩌면 나는 단번에 내 인기를 알아차리지 못하고 나를 애달프게 하는 그에게 묘한 재미를 느꼈는지도 모른다. 얼마든지 맘먹으면 가질 수 있는 인연을 쉬이 갖지 못하자 더 가져보려고 애썼던 것 같다.

나는 그녀와 나만을 위한 버킷리스트를 만들어 본다. 우리의 우정을 새록새록 기억할 수 있는 계획을 세워 두터운 신뢰를 다시 쌓아갈 것이다. 'J' 폴더함을 열기 전에 유령 인맥들을 정리한다. 최근 삼개월간 만남이 없었던 사람들을 지웠고 경조사에 빠져도 미안한 마음이 들지 않는 인연을 과감하게 삭제했다. 전화통화를 해도 할 말이 없는 사람들을 빼고, 비밀을 공유할 수 없는 사람들을 제외시켰다. 만나면 빨리 헤어지고 싶은 무리를 차단하고 나니, 정말 남은 인연은 몇 되지 않았다. 나도 누군가에게는 배경이 되어주는 그냥 유령 같은 존재였을 것이다. 이제야 나는 맨 얼굴로 사람들을 맞이한다. 유령의 가면을 벗어던진 내 마음은 한낱 깃털처럼 자유롭다.

밤

밤

    유년의 기억은 내내 밤이었다. '은따'로서, 늘 은근하게 따돌림을 받으며 학교생활을 해야 했다. 누군가 나에게 지독한 정액 냄새가 난다고 떠들어 댔고, 그것을 이유로 아이들은 내가 지나다니는 복도에서 삼삼오오 모여 수군거렸다. 나와 눈이 마주치면 재빨리 고개를 돌리며 외면했고, 시선을 피하는 친구들은 나에게 큰 상처가 되었다. 단 한 번도 정액 냄새를 맡아 본 적 없던 나는 난데없이 붙여진 지저분한 별명이 억울했다. 아이들은 내가 알아듣지 못하도록 '액정'이라고 나를 불렀지만 거꾸로 말하는 것이라는 것을 알고 나서 나는 더 속이 터졌다. 아버지가 고향 마을에서 밤나무를 키우는 것이 원인이었다. 흐드러지게 피어난 밤꽃에서는 비릿한 향기가 퍼졌는데 그것이 정액 냄새라고 아이들은 그 냄새가 내게도 난다고 떠들고 다녔다. 정액 냄새 때문에 놀림을 받는다고 어머니께 고자질할 수도 없었다. 그것은 아무리 어머니지만 아들이 고백하기에 힘들고 껄끄러운 이야깃거리였다.

수업을 마치고 쉬는 시간이 되어도 나는 되도록 밖에 나가지 않았다. 자투리 시간을 이용해 공부를 하는 척했다. 바깥으로 나가는 순간 놀림거리가 된다고 생각하니 복도에 나가는 것이 두려워졌다. 나는 활동적인 학생이었지만 자꾸 주눅이 들었고 나중에는 친구들과 눈을 마주치는 것조차 힘든 소심한 아이가 되어 있었다. 주변의 시선에서 자유로울 수 없게 되면서 나는 교실 안의 내 책상만 지키고 앉아 있었다. 그것이 스트레스를 최소화하는 길이라고 생각했다.

어머니는 차츰 말수가 줄어가는 내게 이유를 묻지 않으셨고, 뒤늦게 사춘기를 겪고 있다고 단정하셨다. "남들은 초등학생 때 사춘기를 겪는다는데, 너는 참 유난스럽구나. 조용히 지나가는 줄 알았는데 그게 아니었네!"라고 아무렇지도 않게 말씀하시곤 했다. 어른들은 관여하고 싶지 않은 문제가 생기면 너무도 쉽게 사춘기를 겪고 있다고 단정하는 경향이 있다. 사춘기 시절에는 문제 있는 모든 행동이 용서가 되는 것일까? 아들이 사춘기를 겪고 있다고 생각하면 크게 신경 쓰지 않아도 되고 덜 미안하기 때문에 사춘기라고 믿어버리는 것은 아닐까. 학교에서 만나는 아이들은 나의 등장과 함께 하던 말을 멈췄고, 서로 눈짓을 하며 불편한 분위기를 이어갔다. 좁은 마을에서 대놓고 따돌렸다가는 집안에서도 문제가 될 수 있다는 걸 잘 아는 아이들은 은근한 따돌림으로 나를 괴롭혔다. 몸이 힘든 것보다 정신과 마음이 힘든 것이 큰 스트레스가 된다는 걸 나는 너무도 어린 나이에 똑똑히 알 수 있었다.

 초등학교 졸업반 때 처음으로 집에서 자위행위를 해 보았다. 휴대폰으로 검색 창을 열어서 '자위행위 방법'데 대해 검색해 보았고, 손쉽게 관련 정보를 얻을 수 있었다. 어떤 쾌락을 얻기 위한 행위는 아니었다. 친구들의 정액 냄새가 난다는 말에 동의할 수 없었고 대체 정액 냄새가 무엇인지 스스로 맡아보고 싶었다. 나는 스마트 폰을 켜고 소리를 죽였다. 많은 검색창이 떠올랐고, 나는 가장 화끈하고 자극적인 화면을 클릭했다. 못된 짓을 한다는 죄책감 때문이었는지 가슴이 두근두근 뛰었다. 나는 화면에서 하는 모습을 따라 어색하지만 성기를 잡고 흉내를 냈고 별로 어렵지 않게 정액을 가득 얻을 수 있었다. 여러 장의 티슈를 뽑아 정액을 가득 묻혀 킁킁대며 냄새를 맡아 보았다. 비릿한 냄새는 썩 좋지 않았고, 나는 내가 풍긴 적 없는 냄새에 동의할 수 없어서 강하게 고개를 저었다.

 '녀석들은 알고 있었을까? 정액 냄새를 제대로 맡아 본 적이 있었던 것일까?' 학교에서 잘 나간다는 아이들은 무리지어 다니며 힘자랑하기에 바빴고 야비하게도 남의 약점을 들먹이며 동급생들의 웃음거리로 만드는 걸 즐겼다. 주변에 밤 산을 두루 가지고 있던 아버지 덕분에 나는 정액 냄새를 품기는 아이가 되어 있었다. 지금 생각해 보면 고만고만한 형편의 또래 친구들에 비해 우리 집은 넉넉한 편이었고, 그것이 눈꼴사나웠을 수도 있다. 어머니는 가난했던 시절 잘 먹이지 못하고 입히지 못했다며 좋은 음식과 고급 메이커의 옷을 입혀 학교에 보냈었다. 도시락을 싸와 먹던 시절이었는데 어머니는 시골에서는 흔히 구할 수 없었던 줄줄이 햄을 도시락 반찬으로 넣어 주셨고, 계란을 덮어 보온 통에 밥을 담아 주셨다. 아마도 그것이 아이들의 시샘을 받지 않았나 싶다. 하지만 당시에 나는 이런 것들을 돌아볼 수도 없었고 짐작도 할 수 없었다. 당장 겪어야 할 설움의 무게가 너무 무거워서 나는 마음을 황망히 닫아거는 수밖에 별 다른 방법을 찾지 못했던 것이다.

　나에 대해 악의적인 소문을 낸 사람은 과연 누구였을까? 좁은 시골 마을에서 고의적으로 나쁜 소문을 내는 친구를 찾고 싶었지만 따돌림이 그렇듯 나를 제외하고 못된 소문은 널리 퍼져서 나는 정액 냄새를 풀풀 풍기는 지저분한 놈으로 낙인 찍혀 있었다. 어느 날, 갑자기 뜬금없이 퍼진 소문을 감당하기에는 너무 어린 나였는데 좀처럼 소문은 시들해지지 않았다. 가끔 연예인들은 나와서 행복이 가득한 웃음을 지으며 말한다. 눈을 뜨고 나니 갑자기 스타가 되어 있어서 하늘 높이 치솟는 인기를 감당할 수 없었노라고. 나는 눈을 뜨고 나니 스타는커녕 근거 없는 뜬소문의 주인공이 되어 있어서 감당하기 벅찼다. 다시 눈을 떴을 때는 그런 소문이 없던 시절로 돌아가 있었으면 좋겠다고 생각했다. 내게 닥친 불행한 현실이 모두 한 순간 꿈이라면 얼마나 좋을까? 학교에 가고 싶지 않은 나날은 계속되었다. 방학을 하면 차라리 마음은 편했다. 좋아하는 은영이를 만나지 못하는 것은 서운한 일이었지만 은영이를 보지 못하더라도 방학을 기다려야 할 만큼 나는 친구들의 시선에 지쳐 있었다.

아버지는 이런 나의 처지를 알지 못하신 채, 드넓은 밤 산에 대해 자부심을 가지고 계셨으며 우리들의 생계수단인 밤을 어엿하게 잘 키워 내는 것에 보람을 느끼고 계셨다. 하지만 나는 흐드러지게 밤꽃이 피면 그 아래서 남 몰래 속을 태우며 눈물짓는 날이 많아졌다. "이 새끼 몸에서 이상한 냄새가 나. 양아치 새끼 맨날 야한 생각만 하니까 정액 냄새가 진동하지." 그들은 키득거리며 목소리를 높였고, 나는 여학생들 보기가 어쩐지 부끄러워 붉게 달아올라 고개조차 들지 못했다. 무리 중에는 나와 친했던 재덕이도 끼어 있었지만 그들과 한 패가 된 녀석은 함께 낄낄거릴 뿐이었다. 무리의 비웃음보다도 재덕이의 배신이 내게 더욱 처절하게 다가왔다. 정작 내가 다가서면 아이들은 유행가를 부르거나 딴소리를 하며 나를 또 바보로 만들어 버렸다. 무리가 한 사람을 바보로 만드는 일은 생각보다 간단하고 쉬운 일이었다.

수학을 못했던 재덕이에게 나는 수학을 가르쳐 준 적도 많았다. 학교 수업을 잘 따라오지 못하는 재덕이를 위해 나는 차근차근 공부를 가르쳐 주었다. 하지만 재덕이는 지난 날 나의 수고를 모두 잊은 채, 무리에 끼어 나를 비웃고 있었다. 나는 잘 알아듣지 못하는 재덕이를 인내하며 가르쳐 주었고, 재덕이가 문제를 푸는 동안 끈기 있게 기다리고, 언젠가는 재덕이도 문제를 풀 수 있다고 믿어 주는 것이 진정한 우정이라고 여겼다. 차츰 재덕이의 실력이 향상되었을 때는 나름 뿌듯함도 느끼며 더욱 열심히 다음 단계의 문제를 만들어 가기도 하였다. 학원에서 얻은 수업자료도 아낌없이 오픈하며 재덕이가 공부를 잘 하는 친구가 되길 진심으로 응원했는데, 그런 재덕이는 나를 너무도 쉽게 배신하였다. 나의 진심을 너무도 쉽게 외면해 버린 재덕이는 나로 하여금 우정에 대해 불신하도록 만들었다. 진정 재덕이는 지난날 나의 고마움을 모두 다 잊은 것일까? 나로 인해 성적이 향상되었을 때 눈맞춤하며 마음을 전하던 친구는 어디에서도 찾을 수가 없었다.

아버지는 동네에서 인심을 얻지는 못하셨다. 어머니는 아버지가 여자를 좋아하는 것이 항상 문제라고 하셨고, 늙어도 치마만 두르면 좋아하는 게 네 아비라는 말도 서슴지 않았다. 아버지는 동네의 아주머니들께 늘 친절한 인사를 건넸고, 어머니는 그런 아버지의 태도를 마땅치 않아했다. 누가 바람둥이 아니라고 할까 봐 눈웃음을 살살 치고 다니냐며, 늘 아버지께 피곤하게 굴었다. 아버지의 눈웃음은 동네 아저씨들에게도 환영받지 못했다. 평상에서 술자리를 가졌던 아버지 또래의 동네 아저씨들이 꼭 기생오라비 같이 생겼다며 아버지 흉보는 소리를 똑똑히 들은 기억이 난다. 뒤에서 욕을 하는 것은 치졸한 짓이었지만 작은 마을에서는 뒷담화가 유난히 많았다. 그런 마을의 모습은 꼭 성공해서 대도시로 가서 살고 싶다는 바람을 품게 만들어 주었다. 고향 마을을 떠나는 것을 목표로 나는 학업에 매달렸다. 서울에 가서 공부를 하는 것만큼 근사하게 고향을 떠나는 뒷모습은 없다. 서울로 유학을 가면 사람들은 박수를 쳐 주었고 나는 정당한 이유와 함께 지긋지긋한 고향에서 자취를 감추고 싶었다. 떠나는 와중에도 나름의 이유를 찾았던 건 순전히 나의 첫사랑 은영이 때문이었다. 은영이도 납득할 만한 까닭을 앞세워 고향 마을과 작별하고 싶어했다.

아버지는 정직하게 농사를 지어 자식들을 건사했지만 나는 아버지가 다른 일을 하시길 바랐다. 우리집 앞에서 정액 냄새가 진동한다는 억지스러운 놀림 앞에서 지쳐갔고 나 또한 밤꽃 냄새가 정액 냄새와 흡사하다는 것에 동의할 수밖에 없었다. 스퍼민 성분이 들어 있는 까닭이라고 과학책에는 또박또박 적혀 있었지만 그들에게 전할 수 있는 얘기는 아니었다. 실상 녀석들은 내 몸에서 어떠한 냄새도 나지 않는다는 걸 알고 있었을 것이다. 그저 놀림의 대상이 필요했을 것이다. 내가 놀림 받는 대상이 아니라, 놀리는 무리에 끼어 있다면 나도 재덕이처럼 행동했을까? 재덕이를 용서하고 싶은 마음에 나는 곰곰 그 문제를 신중하게 고민해 보곤 했다. 하지만 절로 고개가 저어졌다. 그래서 더더욱 재덕이를 용서할 수가 없었다.

은영이 앞에서는 놀림을 받고 싶지 않았다. 내가 좋아하는 긴 눈꼬리를 가진 아이, 그 아이 앞에서만큼은 자존심을 지키고 싶었다. 은영이는 한 마을에서 자라 많이 가까웠지만 '은따'가 된 이후, 아는 척을 하기도 서먹해졌다. 은영이도 내 편을 들어주지는 못하고 속이 상할 거라고 생각하니 더욱 괴로웠다. 하지만 야비한 녀석들은 은영이 앞에서도 기어코 나를 놀리고 말았다. 주먹을 불끈 쥐었지만 누구에게 휘둘러보지는 못했다. 그저 온 힘을 다해 참기 위해 더욱 세게 주먹을 꽉 쥐었다. 무리의 막강한 힘을 도저히 어쩔 수 없다는 걸 이미 깨달은 나는 힘껏 저항 한번 해보지 못하고 속수무책으로 당하고만 살았다. 내 안에 드리운 어둠에서 벗어나고 싶었지만 발버둥칠수록 나를 더욱 조여오는 것은 깜깜한 밤이었다. 대책 없이 무리에 대들었다가 더욱 민망한 꼴만 당할 것이 뻔했다. 그렇다면 나는 은영이 앞에서 그야말로 개망신만 당하게 된다. 그 순간만은 피하고 싶었다. 내가 감내할 수 있는 성질의 것이 아니라고 생각했다.

　나의 괴로움에 둔감했던 아버지는 그나마 돈 굴리는 재주는 뛰어나서 제법 큰돈을 벌었다. 비릿한 향기가 폴폴 풍기는 밤꽃에서 꿀을 채취하였는데 건강식품이 선호 받는 시대를 잘 타서 불티나게 팔려나간 것이다. 아미노산 함량이 높고 항산화 물질이 풍부해서 노화가 방지된다는 광고가 나가자 사람들은 정신 없이 밤꽃 꿀을 찾았다. 돈이 넉넉해진 현대인들은 더 이상 시간의 흐름에 따라 늙고 싶지 않아 했다. 시대를 잘 타고 꿀은 널리 팔려 나갔다. 택배로까지 배달이 가능하게 되자 사람들의 주문은 더욱 늘어났다. 아버지는 밤이 늦도록 고용한 사람들과 함께 택배 박스를 포장하며 즐거워했다. 박스를 포장하면서 손가락의 지문이 다 닳아 없어질 만큼만 밤꿀을 팔아 보자고 즐거운 비명을 질렀다.

하지만 어머니는 밤늦도록 귀가하지 않는 아버지를 향해 불편한 마음을 감추지 않았다. 마누라를 무시하는 처사라고 했다. 죽을 때 이승 돈을 짊어지고 저승에 가는 사람은 없다며 집에 늦게 들어오기 위해 택배시장까지 발을 들여 놓은 거라고 푸념 같은 말들을 늘어놓곤 했다. 늘 반복되는 어머니의 불만은 듣는 사람을 질리게 만들기에 충분한 것이었다.

아버지는 꿀을 팔아 번 돈으로 내게 고액 과외 선생님을 붙여 주었고, 방학이면 기숙학원에 나를 보냈다. 부족한 과목에 대한 개인교습의 효과는 뛰어났고, 나는 성적관리를 잘할 수 있었다. 나의 성적은 수직상승하며 교육비를 투자한 아버지를 만족스럽게 만들어 주었다. 아버지는 유년기 시절부터 꾸준히 놀림 받아 온 나의 사정은 생각지도 않으시고 언제나 나를 보면 혀를 끌끌 차며 남자답지 못한 놈이라고 걱정을 했다. 정액 냄새가 나는 걸 보니 남자는 확실하지 않느냐고 항변하고 싶었지만 꾹 참았다. 그러는 아버지를 동네 아저씨들은 기생오라비라 부른다고 소리 치고 싶었지만 해서는 안 될 말이라는 걸 알고 있었다. 그 말은 나의 아비를 너무 가슴 아프게 하는 말이라는 걸 일찍 철이 난 나는 알고 있었기 때문이다. 따돌림은 나의 내면을 또래보다 더욱 성숙하게 만들었다. 상처가 깊을수록 속도 깊어진다는 것은 아픈 경험이 가르친 소중한 자산이 되었다.

아버지가 그 일을 하지 않으면 우리 가족은 달리 돈을 벌 방법이 없다는 걸 알고 있었던 나는 아버지가 돈으로 베풀어 주신 능력에 감사하며 모든 걸 잊고 학업에 전념했다. 동급생들도 슬슬 좋은 성적의 내게 모르는 문제를 물어 보았고 시험을 잘 보는 팁을 알려 달라며 나를 따랐다. 학원에 대한 정보를 묻기도 하고 수행평가 과제를 질문하기도 하면서 나의 지난 소문에 대해 무심한 척 굴었다. 무리가 주는 힘이란 그런 것이었다. 함께 모여서 한 일에 대해서 비겁한 그들은 책임을 회피했고 어쩔 수 없었던 일이라고 했다. 시간이 지날수록 그들은 내게 행했던 자신들의 행동에 더욱 더 둔감해져 갔다. 그러나 나는 똑똑하게 기억하고 있었다. 나를 향했던 그날의 풍경들을 세세히 기억하고 있었고, 잊으려 노력할수록 더욱 선명해져 오는 기억들에 최대한 덤덤하기 위해 노력할 뿐이었다.

안방에서는 때때로 소란이 일었지만 별로 상관하고 싶지 않았다. 늘 어머니는 여자 문제로 아버지께 소리를 높였고, 바람둥이라는 말을 하며 번번이 이를 갈았다. 아버지가 돈을 잘 벌어 좋은 양복을 입고 비싼 차를 타고 신수가 훤해질수록 어머니는 아버지를 들들 볶으며 이번에는 또 어떤 년과 눈이 맞았느냐며 저속한 말을 거침없이 뱉어냈다. 어머니는 악쓰며 달려들었지만 담담한 아버지는 그저 쯧쯧 혀를 찰 뿐이었다. 어머니를 상대하지 않는 아버지 때문에 어머니는 점점 더 막무가내의 성격으로 바뀌어갔다. 아버지가 어머니를 향해 대화를 하는 성격이었다면 사정은 좀 달라졌을까? 어머니는 아버지를 향해 수시로 화를 내면서 점점 인상이 사나워져 갔다. 예전에 유순하고 고분고분했던 어머니의 얼굴은 어디에서도 찾을 수가 없었다. 내가 만족할 만한 성적을 거두었을 때 예전의 미소를 슬며시 비춰 주셨지만 오히려 그 모습이 더욱 어색하기만 할 따름이었다.

은영이도 한 여름의 밤나무처럼 무르익어 갔다. 숙녀 티가 완연해진 은영이는 가끔 나와 마주쳤지만 서로 시선을 피하기에 바빴다. 은영이에게서는 향기로운 아카시아 꽃 냄새가 났다. 아카시아향 샴푸를 쓰는 걸까? 긴 생머리를 나풀거리며 시야에서 사라져 가는 은영이를 늘 아쉽게만 비라볼 뿐이었다. 언제부턴가는 은영이를 생각하면 진한 아카시아향이 먼저 풍겼다. 나의 예민한 후각은 은영이에 대한 이미지를 더욱 또렷하게 기억하고 있었다. 달콤한 아카시아 꽃향기만 떠올려도 나는 마음이 푼푼하고 좋았다. 은영이는 내 마음의 작은 기쁨이 되어 가슴 속에서만 무럭무럭 자라나는 숙녀였다.

작은 마을에서 소문은 그치지 않았다. 나에 대한 소문은 잠잠해진 반면 아버지에 대한 소문은 커져만 갔다. 나를 씹어대던 아이들도 대입을 앞두고는 각자 공부하기에 바빴고 더는 터무니없는 정액 냄새가 놀림거리가 되지 않았다. 나 또한 밤꽃 나무 아래에서도 슬픔에 잠기지 않고 담담해질 수 있었다. 반면, 아버지는 늘 사람들의 입방아에 올랐다. 읍내 다방에서 마을의 아주머니와 다정하게 이야기를 나누는 모습을 보았다고 했고, 아버지 차에서는 어머니의 머리카락이 아닌 노랗게 물든 긴 머리카락이 나와서 어머니의 의심을 더욱 키웠다. 어머니는 샛노랗게 머리에 물을 들인 마을의 몇몇 여자들을 아버지가 바람피우는 상대라 지목하고 의심의 끈을 놓지 않았다. 아버지의 곁에 머무르는 어머니의 시간은 밝은 날이 없었다. 늘 마음이 병들어 있었고 아버지의 사랑을 갈구하고 있었다. 아버지는 동네에 떠도는 소문처럼 집에서는 단 한 번도 부드럽게 미소 짓지 않았고 어머니의 거친 말 앞에서도 묵묵히 말대꾸를 하지 않음으로써 상대의 화를 더욱 돋우는 아주 놀라운 재주가 있었다.

아버지는 어떤 사람일까? 어머니의 말처럼 정말 바람기가 다분한 사람일까? 성장하면서 나는 아버지와 대화할 시간이 점차 줄어들었고 말없이 돈을 벌어다 주는 아버지가 오히려 편안했던 것 같다. 그 때문에 나는 아버지에 대한 큰 불평 없이 살았는데 뜬금없이 아버지의 존재에 대한 궁금증이 일었다. 어머니의 얘기처럼 평생 마누라에게 마음 한 번 준 적 없는 무심한 사람일까? 그렇다면 아버지의 마음은 어디쯤 머무는 것일까? 어머니는 아버지에게 상냥하지 못했다. 동그란 눈에 예쁘장한 외모를 가졌지만 온화하게 미소 짓는 법을 몰랐고 아들과 대화할 때면 사분사분한 음성이 아버지와 이야기할 때면 거칠고 커졌다. 그런 포악한 어머니의 모습에 아버지도 지쳐 갔던 건 아닐까? 어머니를 향해 하고 싶은 말은 많았지만 나 또한 타인과 대화하는 방법이 자꾸만 서툴러져 갔다. 진심을 담아 이야기하는 것은 어쩐지 불편하고 어색했고, 그런 과정이 생략된 의무적인 만남들이 차라리 마음 편했다.

초등학교 시절, 비릿한 정액 냄새를 확인하기 위해 자위행위를 시작했던 나는 습관적으로 자위행위를 하게 되었다. 짜릿한 쾌감이 좋았고 특정한 상대 없이도 만족을 얻을 수 있다는 것이 고립되어 자위행위의 시간이 늘어나도록 만들었다. 나는 은영이와 정식으로 교제를 한 적도 없고 그 아이의 얼굴 한 번 똑바로 쳐다본 적도 없는데 항상 자위행위 도중에는 은영이의 얼굴이 떠올랐고 그녀의 얼굴이 그려지면 아찔한 쾌감이 정점을 찍을 수 있었다. 비릿한 정액을 손으로 받아내면서 나는 만족을 경험하곤 했다.

나의 엉큼한 상상 속에서 은영이는 날로 요염해져 갔다. 내 머릿속에서 그녀의 봉긋 솟은 가슴은 더욱 빵빵하게 커져 갔고, 긴 눈꼬리는 나를 향해 섹시하게 웃어주기도 했다. 집에 아무도 없는 틈을 타 나는 틈틈이 자위행위를 했다. 부모님이 집에 안 계시는 것이 좋았고 빈 집에서 나는 가장 마음이 편했다. 자위행위가 하고 싶을 때 집에 사람이 있으면 슬며시 짜증이 치밀기도 했다. 심지어 자위행위 도중에 부모님의 발소리가 들려오면 나도 모르게 거친 쌍소리가 새어 나왔다. 생각해 보지 못한 나의 모습에 스스로도 놀랐다.

자위행위를 하면서 나는 친구가 없는 것이 별로 아쉽지 않았고, 여자 친구를 사귀고 싶은 욕망도 점차 사라져갔다. 나의 상상 속에서 나는 은영이의 블라우스 단추를 풀고 치마를 벗기고

속옷을 더듬대며 혼자 흥분하고 즐거웠던 것이다. 그런 응큼한 마음 때문에 은영이를 마주할 때면 더욱 얼굴을 붉히게 되었는지도 모른다. 처음에는 은영이를 떠올리는 것이 은영이에게 퍽 미안했다. 하지만 차츰 은영이에 대한 순수한 사랑을 잃어가면서 은영이를 떠올리는 것에 죄책감을 느끼지 않았다. 나를 비웃던 아이들이 자신의 잘못에 둔감해졌던 것처럼 나 또한 은영이를 향해 마음의 죄를 짓고 있으면서도 인정하려 들지 않는 건 똑같았다.

처음에 가슴 속에서 만들어진 양심은 삼각형 모양을 하고 있다고 생각했다. 하지만 자꾸 못된 짓을 서슴지 않고 하고 양심에 어긋난 행동을 하면서 모서리가 닳게 된다고 했다. 슬슬 모서리가 닳아빠진 양심 덕분에 훗날에는 양심에 비뚤어진 행동을 해도 전혀 죄책감을 느끼지 못하는 지경에 이른다. 은영이를 향한 나의 양심도 이제는 세 개의 모서리가 모두 닳아빠진 모습이었다.

드디어 아버지는 꼬리를 잡힌 모양이었다. 잔뜩 벼르고 있던 어머니는 이웃에 사는 친구를 증인으로 데리고 와 소파에 주저앉혔다. 그리고는 증인을 서줄 친구를 향해 "니가 본대로 사실을 이야기혀라."며 고래고래 소리질렀고, 졸지에 죄인 같은 증인이 된 그녀는 머뭇머뭇 말을 이었다. 증언을 요구하면서도 어머니는 증인에게 너무 무례하게 굴만큼 이성을 잃은 상태였다. "글쎄, 그게 내가 본 건……." 말끝을 흐리던 가여운 증인은 결심을 굳힌 듯 빠른 템포로 말을 이었다. "은영이 엄마와 읍내 모텔에 들어가는 모습이었어요. 지난 주 금요일이었던 거 같은데! 다섯 시쯤요. 그래서 내가 말은 안했지만 휴대폰으로 실은 사진도 찍었으니 발뺌할 생각은 하지도 말아요!" 아버지는 여느 때처럼 아무 대꾸도 하지 않았다.

 그만두자, 아버지의 입에서 뜻밖의 말이 나오자 도리어 당황한 건 어머니 쪽이었다. 확실한 증인을 앞세워서 사과를 받아낼 요량이었던 어머니는 맹수에게 뒷덜미를 물어뜯긴 새끼 양처럼 이내 온순해져 할 말을 잊은 듯 서 있었다. 의미가 없어진 명백한 증인은 홀연히 자리를 떴고 집안에는 낯선 정적만이 머무를 뿐이었다. 내 마음도 어머니처럼 황망해져 버렸다. 은영이라는 이름은 흔해 빠진 이름이었지만 우리 마을에 은영이는 나의 첫사랑 은영이만이 유일무이했다. 은영이를 좋아했던, 아니 여전히 좋아하고 있는 나로서는 너무도 충격적인 소식이었다. 하필이면 은영이의 엄마라니! 남편에 배신당한 어머니의 마음은 생각도 나지 않았고 나는 내 사랑만 가엾고 측은했다.

 컴컴하기만 한 내 유년의 기억에 은영이는 유일한 빛이었다. 타인을 좋아하는 낯선 감정을 경험하면서 조금씩 성장했던 나는 가야 할 길을 찾지 못하는 좁은 미로 앞에 놓인 기분이었다. 은영이와 이루어질 거라고 기대해 본 적은 없었다. 하지만 영영 맺어지지 못할 거라 생각하니 마음이 허전했다. 모든 게 아버지의 잘못 때문인 것만 같았고, 어머니의 설움은 뒤늦게 오롯이 이해할 수 있었다.

그만두자, 아버지는 읊조리듯 다시 한 번 힘주어 말했고, 적반하장 격인 아버지를 향해 어머니는 아무런 말도 하지 못했다. 아버지의 그만두자는 나지막한 음성을 따라 내 마음도 자꾸만 내려앉았다. 물질적으로 힘들지 않게 키워 준 아버지가 고마웠던 적도 있었고 고액과외를 마음 놓고 할 수 있는 처지가 감사했던 시간도 있었다. 무뚝뚝한 아버지였지만 나를 사랑하고 있다고 믿었고 아버지의 그늘은 언제나 시원하고 든든했다. 밤의 끝자락에서는 희망이 있을 거라고 생각했지만 눈앞에 현실은 그렇지 못했다.

그날 밤, 나는 자위행위를 했지만 좀처럼 쾌락을 이끌어 내지는 못했다. 나는 거칠게 은영이를 밀치고 은영이의 보드라운 젖가슴을 움켜쥐었지만 상상 속의 은영이는 소리 한 번 내지르지 않았다. 그녀는 한껏 섹시한 포즈를 취하고 농익은 눈빛으로 나를 바라보았지만 정점을 향해 도달하지 못한 채, 이내 시들해지고 말았다. 그리고 그 뒤로 다시는 자위행위를 하지 않았다. 은영이를 더는 떠올리고 싶지 않았고, 내가 용서를 받아야 할 대상이 누구인지 내가 용서를 해야 할 상대는 누구인지조차 가늠할 수가 없었다.

아버지는 은영이 엄마와의 관계를 어머니께 모두 시인했고, 이제는 자기를 좀 놓아달라고 염치없게 말했다. 집에는 꼬박꼬박 생활비를 보내 주겠다고 약속했고, 당신이 불편하면 마을을 떠나 살겠다고 감정의 동요 없이 이야기했다. 그리고 당신이 가장

소중하게 여기는 밤나무 산도 아들인 내 이름으로 모두 넘겨주겠다고 서류 정리는 빠를수록 좋지 않겠냐고 말했다. 다 늙은 이혼의 책임이 있는 당사자가 너무도 당당히 서류정리를 외쳐대고 있었다. 독기가 가득 서린 눈으로 한참을 쏘아보던 어머니는 밤꿀로 벌어들인 돈도 한 푼도 줄 수 없다고 늙은 년놈끼리 잘 붙어먹으라며 "관둬, 관두자고."를 반복했다. 당신이 보내주는 생활비 따위는 필요 없으니 재산은 한 푼도 가져갈 생각을 하지 말라고 목에 핏대를 세워 말했다.

아버지가 농사를 지으시던 공주 땅은 내게 아픔으로 남았다. 아버지는 자신이 뱉은 말에 책임을 지고 당신의 말처럼 최대한 빠르게 은영이 엄마와 은영이를 데리고 우리 마을을 떠났다. 야반도주한 그들의 행방을 아는 사람은 마을에 아무도 없었다. 밤나무는 아버지가 떠나도 주렁주렁 실한 밤을 열어 주었고, 여전히 밤꿀은 인기가 많아 벌이가 좋았다. 어머니는 바람둥이 남편을 내쫓고 가정을 지킨 여전사의 이미지로 마을 사람들의 관심을 받았지만 그것이 썩 달가운 눈치는 아니었다. 나는 공주를 떠나 서울로 올라갔다. 흐드러지는 밤꽃부터 가정을 떠난 아버지까지 내게 공주는 상처였다. 그 후 다시는 은영이를 볼 수 없었고 나 또한 그녀의 소식을 알려고 노력하지 않았다. SNS를 통해 그녀의 소식을 알 수 있는 방법도 있었겠지만 나는 수고스럽게 은영이를 찾기 위해 노력하지 않았다. 찾아도 내가 할 수 있는 일은 없었고 소식을 모르고 사는 것이 훨씬 마음 편한 일이라고 생각했던 것이다. 이유 없이 아이들에게 따돌림을 받기 시작하면서 내게는 스스로를 방어하기 위한 방법이 생겨났던 것이다. 어떤 일에도 개입하지 않으며 살면 된다는 걸 나는 잘 알고 있었다.

내게 정액 냄새가 난다고 놀리던 아이들은 여전히 마을을 지키며 농사일을 하기도 했고 몇몇 친구들은 사업을 망해먹고 고향에 얼굴조차 비치지 않았다. 나를 주도적으로 따돌리던 녀석들은 내 행적을 수소문해 돈을 꾸어 달라고 요청하기도 했다. 서울에서 경영학과를 졸업하고 난 후, 본격적으로 '공주 밤 특허'를 딴 나는 제법 성공한 경영인이 되었다. 돈을 꾸어 달라는 요청에 나는 거들먹거리며 빌려 줄 의사가 영 없는 것은 아닌 듯 뜨뜻미지근한 태도를 취하다가 결국에는 뒤통수를 치며 연락을 두절하는 방식으로 그들을 골탕 먹였다. 나의 지지부진한 태도에 그들은 발을 동동 굴렸고, 나는 치졸한 시간을 마음껏 즐기며 과거에 대한 암묵적 복수를 하고 있었다. 나에 대한 소문은 고향 마을에 나쁘게 퍼져 갔지만 재력이 있는 축에 끼이는 나를 향해 친구들은 왕왕 아쉬운 소리를 하곤 했다. 그들은 잊은 것일까? 밤나무 아래의 정액냄새를 정녕 기억하지 못하는 것일까? 나의 고통을 그들은 세월이라는 단어로 너무 쉽게 소멸시키려 들었다.

은영이가 가버린 시간은 내내 밤이었다. 유일하게 마음을 주었던 여자에게 고백 한 번 해보지 못하고 놓쳐버린 기억은 나를 사랑에 겁내는 겁쟁이로 만들어 놓았고 전 재산을 털어주고 우리 곁을 떠나신 아버지지만 당신에게 버림받았다는 아픔에서 벗어나기 힘들었다. 은영이는 내 사랑이 아닌, 우리 아버지의 사랑을 받으며 잘 살고 있겠지. 생각이 거기까지 미치자 두 사람에 대한 미움이 치밀어 올랐다. 나는 정신과를 다니며 분노를 조절하는 약을 먹기 시작하였다. 정신과 담당의사는 꾸준한 치료만이 마음의 상처를 치유할 수 있다고 조언해 주었다. 한 번 가슴속에 분노가 차오르면 나도 어머니처럼 거친 사람이 되었다. 어머니와 내가 다른 건 상대를 향해 분노를 표출하는 것과 표출하지 않는 것의 차이였다. 담당의는 차분하게 말했다. 오히려 나와 같은 경우가 크게 사고를 칠 수도 있다며 가슴속에 차오르는 분노를 꾹꾹 참아 누르는 것만이 해답은 아니라고 말해 주었다. 자신의 마음을 들여다볼 줄 알아야 한다고도 말했다. 미술치료를 하는 것도 좋은 방법이라며 기회가 된다면 미술로 심리치료를 하는 곳을 소개하고 싶다고 조언하였다.

어머니는 새로운 남자를 만나 연애를 시작했다. 처와 사별하고 혼자된 지 삼 년이 된 그는 어머니께 꽤나 지극 정성이었다. 어머니의 생일을 챙겨 어머니가 좋아하시는 딸기 생크림 케이크를 사왔고, 당신의 건강을 챙겨 칡즙을 보내왔으며, 가슴 아픈 생채기를 챙기며 가만가만 어루만져 주었다. 차츰 가까워진 어머니는 아버지로 인해 굳게 닫아 버린 마음을 열었고 은근한 둘의 사랑은 시작되었다. 나도 어머니의 새로운 사랑을 말리고 싶지 않았고, 누군가에게 기대어 살아가는 것도 나쁘지 않다고 생각했다. 나도 삶의 마디마디에서 은영이의 생각을 전혀 하지 않았던 건 아니었다. 하얀 치아를 드러내며 맑게 웃는 얼굴이 드문드문 떠올랐지만 생각하지 않으려고 애쓰며 살았다.

　재덕이에게 오래간만에 연락이 왔다. 재덕이는 공주에서 생산된 밤으로 맛있는 밤 식빵을 만들어 성공했고 공주에 대한 자부심이 큰 친구였다. 재덕이는 치졸하게 나를 배신하고 아이들 틈에 끼어 킬킬댔던 시간은 까맣게 잊은 채 고등학교 때는 내게 퍽 살갑게 굴었다. 마을에서 잔치를 열 예정이라고 했다. 자신의 밤 식빵 레시피에 대기업이 관심을 보이고 있다며 곧 일이 성사될 것 같다고 허풍을 떨어댔다. 사업이 번창한 것을 시끄럽게 늘어놓던 그는 이런 기회에 친구들이 다 모이면 좋지 않겠냐며 그날은 소도 잡고, 돼지도 잡을 것이니 맘껏 놀고 취해 보자며 고향 친구들에게 연락을 취하고 있다고 나에게도 꼭 참석할 것을 당부했다. "맞다, 니 은영이 알지? 걔도 온다고 했다. 은영이 오면 니가 불편한가?" 재덕이의 입에서 너무도 천연덕스럽게 은영이의 이름이 흘러나와서 놀랐고 어쩌면 만날 수도 있겠다 싶어서 놀랐고 나와 은영이의 불편한 관계를 재덕이가 잊지 않고 있다는 것이 놀라웠다. 나는 대답을 회피한 채, 지금 중요한 손님이 왔다며 다음에 다시 통화를 하자고 전화를 끊었다.

　잊지 않고 살았지만 잊고 싶었던 이름. 비릿한 밤꽃 나무 아래에서 짠 눈물을 흘리면서도 마음 한 켠에 꿈이 되어 주었던 은영이, 나의 아비를 따라 마을을 떠난 그녀를 만날 수 있다는데 기쁘기보다는 서글펐고 마음이 내키지 않았다. 별똥별이 떨어지는 순간에 소원을 빌면 이루어진다고 했던가. 그래서 항상 마음속에 꼭 이루고 싶은 큰 꿈 하나쯤은 가지고 살아야 한다는 말에도 나는 은영이를 떠올렸다. 지금 당장 하늘에서 별똥별이 뚝 떨어지는 걸 본대도 나는 불쑥 은영이의 이름을 뱉을는지 모른다. 그만큼 은영이는 내게 그리운 존재이다. 하지만 잊어야만 하는 인연이 아닌가? 재덕이는 단체문자를 전송해 모임에 대해 대대적으로 홍보하고 있었다. 확답을 약속한 친구들의 명단을 전송하며 내게는 어둠인 공주로 오라고 손짓하고 있었다.

나는 재덕이의 호의적인 초대에 응하지 않았다. 가야 할 이유가 없었다. 나는 웅크린 채 여전히 '은따'로 머물러 있었다. 상대하고 싶지 않은 아이들이었다. 재력 앞에서 굽신거리며 너털웃음을 흘리는 녀석들을 보는 것도 역겨웠고 무엇보다 그녀를 마주할 자신이 없었다. 나를 버린 아비의 안부가 궁금하지도 않았고 그저 고요히 세월을 보내고 싶었다. 재덕이는 단톡방에 동창들을 모두 초대해 서로 안부를 묻도록 만들어 놓고 매우 적극적으로 잔치 준비를 하고 있었다. 예나 지금이나 나를 배려하는 척하지만 곤란하게 만드는 재덕이였다. 재덕이는 이런 모든 사정을 헤아리고 나를 곤경에 빠트릴 만큼 계산인 인간은 아니다.

누군가 슬며시 내 얘기를 꺼냈다. "은따는 안 오지?" 아쉬울 때면 내 앞에 납작 엎드리면서도 내가 없는 공간에서는 여전히 '은따'로 통하고 있는 것이다. 나는 다른 친구들처럼 상냥하게 안부를 전한 적이 없고 멋진 사진 한 장 전송해 본 적도 없다. 그래서 그들은 내가 초대되어 있다는 걸 모른 채 계속 나의 이야기를 이어갔다. 많은 시간이 흘렀지만 나는 여전히 친구들에게 '은따'라는 이름으로 통하고 있었다. 활자를 마주하면서 두근두근 심장이 뛰었다. 나는 크게 심호흡을 하고 그들의 치졸한 글자들을 천천히 읽어나갔다. "겁나 오랜만에 은따 야기하는구먼! 걔는 안 오것지. 은영이가 온다는데." 내가 없다고 여겨지는 공간에서 그들은 계속 나의 이야기를 비밀스럽게 쑥덕거렸다. 그 넘아도 아는가? 멀? 걔도 은영이가 소문을 퍼트린 시작이라는 거 아는가? 은영이가 지 엄마가 바람난 거 싫어서 정액냄새 어쩌고 일부러 소문 흘리고 다닌 거 아녀. 아는 사람은 다 아는 얘기구먼! 그려, 놀림 깨나 받았지. 은영이는 시치미 뚝 떼고 있었고 생각들 안 나는겨? 뒤이어 그놈의 인간 돈 좀 벌더니 눈에 힘들어 갔다는 둥, 은따가 괜히 은따겠냐는 둥 험담이 줄지어 올라왔지만 더는 기분이 나쁘지도 충격적이지도 않았다. 이미 은영이가 소문을 생성한 존재라는 것보다 충격적인 것은 없었다. 나의 첫사랑 그녀가 나를 곤경에 빠뜨린 사람이었다는 것이 믿어지지 않았다.

다리에 힘이 풀렸다. 은영이가 나를 '은따'로 만든 장본인이었다니, 거짓말 같은 활자들 앞에서 나는 맥이 탁 풀어졌다. 갑자기 머리가 띵해지고 눈앞이 흐릿해져 갔다. 나는 책상 서랍에 넣어 둔 처방약을 급히 털어 넣었다. 약이 그만큼 절실히 필요했던 적은 없었다. 세상에는 나만 모르는 일이 참 많이 일어나고 있다는 걸 알게 되었다. 믿을 수 없는 이야기들은 내게 또 깜깜한 밤을 선물해 주었다. 범인이 누구일까? 궁금하지 않았던 건 아니지만 알 수 있는 방법은 없었다. 따돌림이란 그런 것이다. 내가 왜 그들에게 편입될 수 없는지 이유를 알 길이 없는 것. 난데없이 얻은 내 별명에 그들은 즐거웠겠지만 나는 추잡한 그 별명이 죽도록 싫었다. 요즘 말로 '패드립'하는 것이니까. 내 아버지의 직업을 우리 가족의 생계수단을 빌미로 나를 놀려대는 것이 정말 싫었다. 어쩌면 그 나이가 가지는 특성상 성적 호기심에 동해 나의 별명이 더 놀림의 대상이 되었는지도 모른다. 하지만 그 시작이 은영이었다니 도저히 믿어지지 않았다.

내 입장에서 보면 은영이는 그리 반가운 사람은 아니다. 은영이를 좋아한 덕분에 나는 얼마나 상처 받았는가? 믿음직스러운 아버지의 배신도 버거운 판에 다시는 은영이를 마음에 품어서는 안 된다는 사실이 나를 괴롭혔다. 엄살을 부리지 않아서 그렇지 나의 어머니의 공허한 삶을 지켜보는 것도 녹록치 않았다. 잘못 끼워진 첫 단추가 은영이라는 사실을 도저히 받아들일 수가 없었다. 단톡방에서 누군가가 영리하게 나의 이름을 기억해 냈고 다 지난 일이지만 당사자가 있는 듯하니 얼굴보고 이야기 하자는 말로 제법 교양 있게 대화는 마무리되었다. 나에 대한 험담을 했던 친구들은 왜 그걸 지금에야 이야기하냐며 모두 지난 일이니 재미로 생각하자며 문자를 전송했다.

매번 그런 식이었다. 나를 제외한 채 일은 시작되었고, 그들의 관심사가 바뀌면 소문은 시들해졌다. 나의 서러움에 대해 그들은 어떤 보상을 할 수 있을까? 내가 견뎌내야 했을 모진 시간들을 짐작이나 할 수 있을까? 무리에 끼고 싶어서 기웃거렸던 외톨이의 심정은 당해 보지 않고는 아무도 모른다. 나는 단톡방에서 서둘러 나와 버렸다. 더 이상 감당할 수 없는 인연이라는 생각이 들자 어떤 이야기도 듣고 싶지 않았기 때문이다.

고향은 내게 다시 밤이다. 지긋지긋한 밤 덕분에 넉넉히 먹고 살았지만 놀림에 힘들어 밤나무 아래서 울었다. 밤꽃 나무 아래서 소리죽여 울며 나는 처절하게 서러워했다. 사랑의 좌절을 안겨 준 깜깜한 밤이고, 주체할 수 없는 슬픔의 밤이었다. 하지만 토실토실한 밤을 얻을 수 있는 밤나무는 돈을 벌어다 주는 아버지를 대신해 주었고, 너른 가지로 내 인생을 넉넉히 품어 주었다. 비릿한 향 풍기는 유난히 환한 밤꽃 아래서 눈물 훔치던 시간들은 나를 더욱 단단한 인간으로 만들어 주었다. 그래서 이내 밤이다.

타닥타닥 고소하게 풍기는 군밤 냄새에 코를 벌름거리던 그때, 우리는 돈은 없었지만 행복했다. 일손이 부족해 가족 모두가 밤나무 아래 둘러 앉아 밤을 수확하면서도 우리는 지칠 줄 모르고 조잘조잘 수다를 떨었다. 밤나무가 해충 피해를 입고 병들어 갈 때는 가족들이 밤낮없이 돌보았지만 어느 누구도 힘들다고 투덜거리지 않았다. 한 톨 한 톨이 소중한 밤이었기에 우리는 귀중하게 밤을 다루었다. 광주리 가득 찐 밤을 이고 이웃들에게 인심 좋게 돌리며 웃었던 소박한 기억들이 아프게 떠올랐다. 다시 돌아가고 싶은 나날들이다.

밤이 늦도록 안방에서는 소곤소곤 대는 어머니와 아버지의 목소리가 들렸고, 초라한 복장이었지만 서로의 눈에는 사랑이 그득 차 있었다. 어머니는 아버지가 수확한 밤들로 맛있는 요리들을 만들어 주었고 벌레 먹은 밤도 아까워 손수 손질을 해 가족들의 상에 내놓았다. 상품 가치가 없는 밤조차 아버지의 수고가 깃든 것이라며 어머니는 애지중지하셨던 것이다. 소박하지만 두 분의 사랑을 느끼기에는 충분한 세월들이었다.

밤농사를 열심히 짓던 아버지는 밤 산에 오르기 쉽게 경운기가 다닐 수 있는 길을 만들며 열심을 다했고 땅은 생명을 키우는 소중한 것이라며 땅 가꾸기에 여념이 없었다. 그래서 유독 우리 집의 밤들은 반질반질하고 어여뻤다. 매끈하고 예쁜 밤을 보면서도 나는 은영이의 얼굴을 떠올렸다. 어서 자라 그녀와 함께 할 길고 긴 밤을 꿈꾸었던 사춘기 시절이 수줍게 떠올랐다. 맨질맨질한 얼굴이 은영이와 퍽 닮았다고 생각했고 맛있게 찐 밤을 보면 은영이에게 제일 먼저 가져다주고 싶었다. 모락모락 밤을 찐 김이 올라오면 잘생긴 밤을 먼저 고르기 위해 뚜껑이 열리길 기다리고 있었다. 뜨끈뜨끈하고 투실한 밤을 주머니에 챙겨 넣으면서 은영이의 얼굴을 떠올리지 않은 시간이 없었다. 주머니에 꽁꽁 챙겨온 밤을 단 한 번도 용기 있게 건네지 못하면서 나는 늘 밤을 챙겨 주머니에 넣었다. 언젠가 기회가 되면 꼭 주고 싶었기 때문이다. 순수한 마음으로 은영이를 사랑했던 시간들은 살면서 가장 애틋하고 아름다웠던 순간들이다.

은영이의 유난히 하얀 피부를 사랑했다. 은영이의 찰랑찰랑 거리는 머리카락이 속없이 좋았다. 은영이가 웃어 줄 때는 그 상대가 내가 아니어도 나도 같이 웃음이 머금어졌다. 발랄하고 경쾌하게 걷는 발걸음이 좋았고 저 멀리서 그녀의 실루엣만 보여도 가슴이 콩닥콩닥 뛰던 나였다. 웃을 때 살포시 파이는 양 볼의 보조개를 사랑했고 살짝 눈을 감을 때 파르르 떨리는 속눈썹도 그렇게 예쁠 수가 없었다. 희고 가느다란 손가락도 좋았고 발표를 할 때면 수줍음이 가득 묻어나는 떨리는 음성까지도 사랑했다. 나는 그 맑고 순수했던 시절을 가슴에 품고 놓지 않았는지도 모르겠다. 조건 없이 모든 걸 다 주어도 자꾸만 더 주고 싶었던 유년의 내 사랑은 이루어지지 않아 더욱 애틋하게 가슴에 남아 머물렀다.

'은따'가 찾아오지 않는 그들만의 잔치는 꽤나 즐거웠던 모양이다. 눈치 없는 재덕이는 나를 다시 단톡 모임에 초대하였고, 카카오톡으로는 여러 장의 사진이 단체 전송되었다. 그 중에는 은영이의 사진도 끼어 있었다. 독사진은 아니었지만 여러 사람들 중에서도 은영이의 얼굴은 한 눈에 알아 볼 수 있었다. 또래보다도 앳된 얼굴을 하고 있었고 동그란 이마가 훤히 드러나도록 단정히 머리를 묶은 모습은 충분히 아름다웠다. 내가 상상했던 은영이의 모습과는 약간 차이가 있었지만 은영이는 세련되고 귀여운 이미지를 잃지 않고 단번에 나의 시선을 사로잡았다. 우리 아버지와 살면서도 고향의 모임에 나올 만큼 은영이는 뻔뻔한 아이였던 것일까? 내가 저를 좋아하는 걸 뻔히 알면서도 나를 향해 악의적인 소문을 낼 만큼 은영이는 심성이 고약하고 못된 아이였던 것일까?

은영이는 왜 그런 소문을 퍼트리며 나를 따돌리고 싶었던가? 어쩌면 나보다도 은영이가 가진 마음의 상처가 깊을지도 모른다는 생각이 들었다. 아버지와 어머니의 관계에서도 과연 어머니만이 피해자라고 할 수 있을까, 당신이 애착하던 모든 것을 버리고도 은영이 엄마를 택했던 아버지가 진짜 나쁜 사람이었을까, 내 아버지를 빼앗아간 그들은 지금 진실로 행복할까 등 머리 아픈 질문들이 꼬리에 꼬리를 물고 이어졌지만 모두가 해답을 얻을 수 없는 난해한 물음들이었다. 정신과에서 처방 받은 약을 입에 털어 넣었다. 다음에는 수면제를 좀 더 넣어 처방해 달라고 요청해 볼 작정이다. 요즘 들어 밤에 잠을 드는 일이 녹록지 않다.

요즘 '알밤 줍기 체험 행사'를 기획하고 있다며 연락이 오는 유치원이나 어린이집들이 많다. 자연과 호흡할 수 있는 프로그램을 기획하고 있다며 연락을 취해오는 것이다. 참가비를 걷고 자신들이 주운 알밤은 가지고 가도록 하는 행사인데 생각보다 반응이 좋다. 알밤을 주워 들이는 인건비를 줄일 수도 있고, 품질에 따라서 군이 등급을 나눌 필요도 없고 아이들에게는 농촌을 체험할 수 있는 기회도 주고 여러모로 득이 되는 것이 많아 밤농사를 짓는 사람들에게 환영받고 있다.

농촌에도 새로운 변화의 바람이 불고 있다. '농부'가 꿈인 어린이도 생겨났다고 하니 반가운 일이다. 농촌에 일손이 모자라고 뒤를 이를 농업인이 없었는데 바람직한 변화다. 쟁기를 들고 제법 밭을 일구는 아이들을 대할 때면 마음이 뿌듯해지곤 한다. 아버지도 농사일을 거드는 나를 보며 이렇듯 마음이 흐뭇하셨을 것이라 생각하니 문득 나의 아버지도 그리워진다. 떠올리고 싶지 않은 사람의 얼굴이 난데없이 머릿속에 그려질 때처럼 당황스러운 것은 없다. 나는 선명하지 않게 그려지는 아버지의 얼굴이 오히려 퍽 다행스럽다.

인근 어린이집에서도 알밤 줍기 체험 행사를 기획하고 있다며 연락이 오고 있는데 그 중에 내게 호감을 보이는 어린이집 교사가 있다. 웃는 얼굴이 썩 예쁜 여자다. 내게 관심을 보이는 걸 알면서도 마음을 받아주지 않았던 건, 사랑에 서툰 내가 또 다시 상처 받는 것이 싫었기 때문이다. 하지만 이제는 누군가를 만나나도 마음을 열고 대화하고 서로의 위안이 되어 주는 사랑을 하고 싶어졌다. 어쩌면 나는 지금에야 처음으로 은영이를 마음에서 놓아 주었는지도 모르겠다. 내가 봤던 은영이의 모습은 실상 은영이의 본모습이 아니었을지도 모른다. 은영이의 겉모습만을 보고 그녀를 너무 섣부르게 판단했던 것은 아닐지.

어머니는 나의 태몽이 기가 막히게 좋은 태몽이라고 하셨다. 산에 가서 여느 때처럼 열심히 밤을 줍는데 한 눈에 들어오는 크고 실한 밤이 있더란다. 어머니 눈에 가장 먼저 보인 크고 실한 밤을 빨리 손에 넣어야겠다는 생각이 드셨단다. 너무 탐스러워서 고생해서 주웠던 밤들을 또르르 버려 버리고 오직 그 크고 실한 밤 한 알만 품에 꼬오옥 품고 산에서 허둥지둥 내려오면서 꿈에서 깨어났다고 했다. 조심조심 밤 껍질을 깠는데 쌍 밤이 나와서 처음에는 쌍둥이를 가진 줄 알았다고 했다. 그 꿈 때문에 아들로 태어난 내가 아들과 아버지 두 몫을 하고 사는 거라며 어머니 내키는 대로 꿈을 해석하고 계셨다.

나는 쌍 밤에 대한 태몽을 들으며 은영이를 떠올렸다. 나는 날 때부터 어쩌면 이룰 수 없는 사랑의 숙명을 타고 태어난 것이 아닐까, 온 맘을 주어 사랑하면서도 이루어질 수 없는 그런 운명으로 생을 맞이한 것은 아닐까 생각했다. 어머니가 쌍 밤을 품지 않고 온전한 한 알의 밤만을 품었더라면 나는 지독하게 아픈 짝사랑을 하지 않았을지도 모른다고 생각한다. 누구에게나 자신이 짊어진 상처가 가장 크고 아픈 법이니까.

그래서 니 몹쓸 에비도 토 달지 않고 니 몫으로 밤 산을 넘겨 준 거라며 니는 밤으로 돈을 벌 팔자를 타고 난 거라고 입이 닳도록 말씀하셨다. 밤에 대한 모든 권리를 스스로 포기한 아버지에 대한 고마움은 손톱만큼도 남아 있지 않았다. 자신의 태몽 때문에 그것은 처음부터 자식의 권리로 정해진 것이라 굳게 믿고 있는 듯싶었다. 자신이 정한 운명대로 살아가고 있다고 믿는 건 어머니만의 생각일까? 태몽을 꾼 어머니는 잠에서 깨어나 매우 행복한 얼굴을 하고 있었다고 들었다. 만삭의 둥근 배를 쓰다듬으며 어머니는 자신의 아이에게 주어진 만족스러운 미래에 벅찬 행복감을 맛보았을 것이다.

자신과 함께 일군 가정을 뒤로 하고 가족을 떠난 아버지를 더는 인정하지 않는 것이 어머니가 아버지를 잊어가는 방식이었다. 어머니가 아버지를 기억하는 꼭 하루가 있었는데 그것은 습관처럼 챙겼던 아버지의 생일을 떠올리는 것이었다. 어머니는 주거래 은행에서 챙겨주는 달력을 받으면 잊지 않고 아버지의 생일을 골라 빨간색 색연필로 엑스 자를 쳤다. 새해를 맞아 가장 먼저 하는 일이 이혼한 남편의 생일을 기억하고 엑스 표를 해야 한다는 건 정말 누구도 이해할 수 없는 일이었다. 굵은 색연필을 쥐고 생일을 찾아 커다랗게 표시를 하는 어머니의 마음을 누가 알 수 있을까? 애당초 어머니의 행동은 누군가의 이해를 바라는 것은 아니었고 표식을 통해 어떤 의식을 치루고 있는 듯도 보였다.

어머니의 인생에서 지워버리고 싶은 사람이라는 뜻으로 어머니는 커다랗게 엑스 자를 쳐서 잊었던 아버지의 존재를 상기시키곤 하셨다. 우리는 그렇게 어머니의 화를 기억하며 아버지의 생일날을 떠올려야 했다. 나는 그것이 남은 미련과 사랑인지 저주인지 확실하게 가늠하기가 무척 어려웠다. 당신의 방식대로 누군가의 존재를 소멸해 가는 과정이라고 생각했다. 새해의 시작을 알리는 달력을 펼치며 어머니 나름대로 어떤 마음의 정화를 하는 과정으로 이해했다.

밤을 수확해서 까보면 겉으로는 상처가 없고 반질반질한 밤이 안으로는 벌레가 먹은 경우들이 허다하다. 최상품으로 분류가 된 알차고 실한 밤에 벌레가 먹은 것이다. 작은 벌레 한 마리 들 어갈 틈도 없이 깨끗한 밤인데 애벌레가 두 마리씩 들어가 있는 밤도 있다. 달콤한 속을 야금야금 파 먹히면서도 짐짓 아무렇지 도 않은 척 맨질맨질한 얼굴을 하고 있어야 하는 크고 실한 밤이 었을지 모른다. 나의 가슴 속 상처들에 타인들은 둔감하다. 겉으 로 표현한 적 없는 생채기들은 속으로 곪아 시름시름 마음의 병 을 키웠다. 눈으로 보는 것만이 전부가 아니라는 걸 나는 반질반 질한 밤을 까면서 배웠다. 꿈틀거리는 가슴 속의 벌레들이 스멀 스멀 기어올라 나의 머릿속을 복잡하게 만들고 있다.

아버지는 밤 속에 애벌레들이 함께 삶아져 있어도 털어내지 않 고 그냥 드셨다. 우스갯소리를 곁들여 단백질까지 덤으로 섭취 한다고 허허 웃기도 하셨는데 어린 시절 내 기억에는 그런 아버 지의 모습이 끔찍하게 각인되어 있다. 아버지가 수확한 밤이 한 톨도 버리기 아까울 만큼 귀해서 버리지 못하시는 것까지는 이 해할 수 있지만 애벌레까지 꿀꺽 삼키는 모습은 어쩐지 너무 야 만스럽게 느껴졌다. 아버지는 혹여 애벌레가 나올까봐 밤을 꽉 깨물지 못하고 살짝 물어 요리조리 살피는 나를 사내자식이 꼭 여자아이처럼 군다고 툴툴거리곤 하셨다. 벌레 먹은 밤을 잘 먹 어야 남자다운 건 아니라고 대들고 싶을 때가 많았지만 아버지 를 향해 말대꾸를 하거나 대든 기억은 없다.

언젠가 어머니가 밤을 너무 많이 올려 맨 위에 위치한 밤들이 설익은 적이 있었다. 뜨거운 김을 견뎌낸 애벌레들이 설익은 밤 속에서 살아서 꿈틀거리고 있는 걸 보고 기겁을 하고 소리를 질렀다. 그때도 아버지는 아무렇지도 않은 척 내가 놀라 떨어뜨린 밤톨을 주워 우적우적 집어 삼켰다. 그 모습은 지금 생각해도 공포 영화의 한 장면을 보는 듯 끔찍스럽다. 차라리 죽어 있는 애벌레였더라면 좋았을 것이다. 덜 삶아진 애벌레의 마지막 꿈틀거림은 생각만 해도 온 몸이 비틀어졌다.

밤을 푹 삶았을 때 밤 속에 담긴 애벌레도 푹 삶아져 있는 걸 볼 때가 있었다. 처음에는 그것이 징글맞았지만 자주 보니 무감해져 갔다. 단물에 현혹되어 나오지 못하고 우적우적 밤을 먹다가 영영 컴컴한 밤을 맞이하게 된 초록 애벌레들은 갑자기 뜨거운 김이 올라왔을 때 우왕좌왕 당황했을 것이다. 사람은 살면서 가끔 의도하지 않게 피해를 주곤 한다. 어쩌면 나만 피해를 받았다고 생각한 것은 잘못된 생각이었을지도 모른다. 애벌레에게 불행을 선사한 나 또한 별반 다르지 않은 실수를 하며 오늘을 살고 내일을 살아간다. 내가 생각하는 단순한 실수에도 생명을 잃는 존재들은 얼마든지 많지 않은가. 은영이 또한 갑작스러운 어머니의 사랑에 그런 식의 졸렬한 방법밖에는 떠올리지 못했을지 모른다. 마땅한 증오의 대상을 향해 화살을 꽂지 못하고 머뭇대던 마음이 나를 향한 미움으로 커졌을지도 모른다는 생각이 들자 은영이의 인생 또한 측은해졌다.

어쩌면 어머니께서 아무 미련도 없이 또르르 굴려 버린 그 밤들이 나를 떠난 아버지고, 나의 돌이킬 수 없는 아픈 사랑이고, 나의 쓸쓸한 유년은 아닐까? 밤을 한 톨 주우면 다시 또르르 굴러 떨어지는 고단하고 힘든 시간이었다. 가까스로 손에 꼭 쥔 밤톨을 다시는 놓치고 싶지 않다. 벗기지 않은 밤톨의 뾰족한 가시에 찔린 듯 나는 손이 저리다. 하지만 이제는 마음의 상처를 정면으로 들여다봐야 할 시간이 되었다. 여전히 자신이 없고 아직은 약에 의지해야만 한다. 하지만 스스로를 견뎌내지 않으면 안될 만큼 많은 세월이 흐르지 않았는가.

어머니가 놓쳐버린 밤톨들을 이제는 내가 다시 주워 담을 참이다. 내 인생은 내내 밤이지만 이제는 어둡지 않게 가꿔나갈 것이다. '알밤 줍기 체험 행사'를 밤 산에서 개최할 참이다. 미소 짓는 얼굴이 어여쁜, 참한 인상의 어린이집 선생님의 명함을 찾기 위해 명함첩을 뒤적인다.

노인의 기도

노인의 기도

며칠째 비가 내리고 있다. 하늘에 구멍이 난 듯 쏟아지는 무서운 비다. 상당한 비 피해가 예상된다며 아나운서는 정확한 발음으로 기상특보를 재차 방송 중이다. 굵은 빗방울은 멈추지 않는다. 검게 변한 하늘을 보니 마음이 답답해져 온다. 일주일 내내 비가 온다고 하니 피해가 없도록 대비해야 할 일이다. 대자연 앞에서 인간이란 얼마나 하찮은 존재인가?

'하찮은'이란 단어 앞에 언뜻 노인의 얼굴이 그려진다. 쭈글쭈글 깊게 패인 주름과 얼굴에 드문드문 핀 검버섯이 생각나자 이내 미간이 찌푸려진다. 일주일 내내 비가 온다고 하는데 삼 일째 연락이 닿지 않는 노인이다. 실상, 노인과 나는 매일 통화하는 사이는 아니다. 수시로 얼굴을 들여다보고 살지도 않는다. 명절때가 되어도 이런저런 핑계를 대며 노인을 잘 찾지 않는다. 내가 노인을 찾지 않더라도 노인은 서운한 기색을 비치지 않는다. 일말의 양심은 있는 까닭이다.

첫날은 노인정에 갔을 것이라 생각했다. 동네 사람들과 둘러앉아 화투패나 돌리고 있을 거라 가볍게 넘겼다. 노인은 나이에 걸맞게 수시로 깜빡깜빡했기에 핸드폰을 집에 두고 갔을 거라 생각했다. 치매를 예방한답시고 어울려 화투 치는 걸 좋아하는 노인이다. 꼭 통화를 목적으로 전화를 건 것은 아니었다. 애써 신경 쓰지 않기로 한다.

무남독녀인 나는 노인에게 어느 정도 책임감을 가지고 있었고, 노인의 안전을 확인하는 것은 누군가 대신할 수 없는 일이었다. 두어 번 전화를 했지만 받지 않았고, 나는 부재중 전화를 확인하지 않는 노인을 퍽 못마땅하게 여겼다. 근래 노인대학에 다닌다고 하더니 온전히 글씨를 깨치지 못한 모양이다. 노인의 게으름을 탓하며 연락을 기다렸다. 텔레비전에서는 나무가 뿌리째 뽑혀 넘어졌다. 나는 노인보다 길에 사는 고양이들을 더 걱정하며 하루를 넘겼다.

둘째 날, 뉴스에서는 힘없이 깨진 창문과 넘어진 교통 표지판을 보여주었고, 강수량이 넘친 다리들을 화면에 비춰 주었다. 노인의 쭈글쭈글한 얼굴이 생각났지만, 이내 고개를 저었다. 명절에 만났을 때, 노인은 들릴락 말락 한 소리로, 휴대전화가 잘되지 않는다고 했다. 나는 짐짓 모르는 척 흘려들었다. 고가의 이동전화를 사서 준다고 한들 노인이 사용할 수 있는 기능은 한정적이다. 노인에게는 고급 카메라 기능도 필요치 않고, 비싼 데이터 요금이 매달 청구되는 것은 더더욱 싫다. 다달이 노인에게 돈이 들어가는 일은 하고 싶지 않았다.

　노인의 입장에서도 그걸 바라지는 않았을 것이다. "효도폰이라는 게 있다는데, 그건 아주 버튼이 큼직큼직하더라. 새로 바뀐 앞집 이장도 그걸 쓰는데 큼직한 숫자에 야광 불로 번쩍번쩍 들어오더구나." 노인은 기대 없이 말을 뱉었고, 내가 대꾸하지 않자, 이내 말을 끝냈다. 노인은 항상 그런 식이었다. 자신의 것을 정확하게 요구하는 법은 없었다. 나는 그런 노인의 태도가 퍽 못마땅했지만, 당연하다고 생각했다. 무엇인가를 당당히 원해도 꼴 보기 싫기는 마찬가지일 것이다.

　엄마가 벌인 굿판 앞에 사람들이 몰려들었다. 엄마는 맨발로 작두를 타고 있다. 날카로운 칼날 위에서 위태로운 걸음을 딛는다. 나는 질끈 눈을 감았다. 피투성이가 된 엄마가 쓰러진 장면이 그려졌고, 눈 뜨고 볼 수 없는 광경에 두 손으로 눈을 가렸다. 사람들의 '와아-' 소리치는 함성이 들렸다. 엄마는 칼날 위에서 성큼성큼 걷고 있었다. 사람이 걷는 걸음이 아니었다. 덩실덩실 춤을 추듯 사뿐하게 겁도 없이 걸으며 칼날 위에서 놀고 있었다. 그건 가벼운 듯 무겁고, 무거운 듯 가벼운 귀신의 걸음이었다.

　나는 가슴이 두근거려 더는 그 광경을 지켜보지 않았다. 엄마는 아주 오래오래 앓았다. 병원에 가도 병명을 찾을 수가 없었고, 사람들은 그것이 무병이라며 뒤에서 쑤군거렸다. 엄마는 아프지 않기 위해 신 엄마를 받아들였고, 그렇게 무속인의 삶을 살았다. 무속인이 된 엄마의 삶으로 내 인생도 덩달아 고단해졌다.

신 어미를 허락하고 난 후, 엄마는 신기하게도 아프지 않았다.

내가 합격을 할 것 같으니? 친구들은 점쟁이에게 묻는 식으로 나를 골려 먹었다. 무당 엄마를 가진 나는 늘 놀림의 대상이었고, 나는 퉁퉁 부은 눈으로 집에 돌아오는 날들이 많았다. 가슴 아픈 날들이었다. 학교에 가는 것이 싫었고, 친구들이 미웠다. 사람들이 점을 보기 위해 집을 찾는 것도, 산 기도를 드리러 간 엄마가 없는 빈집도 싫었다. 내가 전화를 해 노인의 안부를 묻지 않더라도 노인은 나를 원망해서는 안 되는 것이다. 내가 울었던 눈물만큼 노인도 울어야 마땅하지 않은가. 노인이 부디 염치도 모르지 않는 사람이길 바랄 뿐이다. 휴대전화를 사주지 않더라도 노인은 서운해 하지 말아야 한다.

내게 노인은 퍽 성가신 존재다. 어느 날, 노인은 말했다. 신기가 떨어졌다고 했고, 신 엄마가 멀리 달아났다고 했다. 그래서 더는 점을 칠 수 없다고 말했다. 노인은 신당을 접었다. 산 기도를 가지 않아도 노인은 아프지 않았다. 가끔은 눈을 번뜩이며 하늘에 대고 무어라 중얼거렸지만, 신경 쓸 말들은 아니었다. 언제부턴가 나는 노인의 말에 귀를 기울이지 않고 살았다. 노인의 이야기들은 귀담아들을 가치가 없는 것들로 여겼다. 노인은 툭하면 나를 대신해서 신을 받은 것이라며 마치 자신이 무속인이 된 것이 내 탓인 양 말했다. 나는 그런 식으로 마음에 생채기를 내는 노인이 정말 싫었다.

삼 일째도 노인은 전화를 받지 않았다. 답답했다. 염려되는 마음보다는 우선, 신경질이 났다. 노인의 신상에 문제가 생겼다는 확신이 서자 마음이 불안했다. 이런 불안함을 주는 노인이 싫었다. 무엇 하나 마음에 드는 구석이 없다. 노인의 전화가 망가진 것일까? 분실했을 가능성도 높다. 노인은 장날에 나가 이것저것 구경하는 걸 좋아했고, 이곳저곳 다니며 소소한 대화와 군것질을 즐겼다. 노인이 먹는 음식은 막 튀겨낸 꽈배기나 먹음직스럽게 삶아낸 족발 따위였고, 그런 음식들은 매장에서 판매하지 않는 것이 대부분이었다. 그런 군것질을 하다가 시장바닥에 이동전화를 두고 왔다면 어떤 사람이 찾아 주겠는가? 노인의 휴대폰을 그대로 버려도 전혀 이상하지 않을 만큼 오래되고 낡은 것이었다.

노인이 어떤 전화를 쓰든 내겐 중요하지 않았다. 어린 시절부터 산으로 기도를 다녔던 그녀에게 나 또한 정이 없었고, 노인의 불편을 당장 해결해 줄 만큼 경제력이 넉넉한 것도 아니었다. 마음만 먹으면 얼마든지 사줄 수 있지만, 내키지 않는 것이었다. 노인은 늘 그런 방식으로 내 마음을 불편하게 만들었다. 밥 짓는 기계가 힘이 빠져 영 쓸 수 없게 되었다든가, 혹은 물을 길어다 먹지 않아도 되는 기계가 있다는 말을 하곤 했다. 물론, 나는 노인의 바람을 알아들었지만, 재차 묻지 않았다. 살뜰하게 노인을 챙기고 싶지 않았다. 최대한 나의 무심함이 노인에게 똑똑하게 전해져 그녀가 더는 이런 어물정한 요구들을 하지 않기를 바랄 뿐이었다.

하루는 집의 압력솥을 교체하면서 낡은 솥을 버리기가 무엇해 가져다주었더니, 노인은 대단한 선물이라도 받은 양 기뻐했다. 나는 노인이 낡은 물건을 받고 기뻐하는 모습조차 달갑지 않았고, 자식이 없는 노인을 모르는 척하지 않은 수준으로 봉양했다. 가끔 노인은 나를 위한 선물을 준비했다. 나를 위해 털실로 목도리를 떠주기도 하고, 과일즙을 만들어 놓기도 했다. 뒷산에 가서 여린 쑥을 뜯고 내가 좋아하는 쫄깃쫄깃한 쑥떡을 쪄주기도 했지만 나는 노인에게 곁을 주지 않았다. 내가 노인을 필요로 했던 시간은 이미 지나가 버렸기 때문이다. 내가 노인을 원했던 시간은 이미 시효를 다했다. 노인이 진심으로 내게 다가온다고 해도 나는 노인은 받아들일 생각이 전혀 없다.

차에 시동을 걸었다. 노인의 집으로 가야 한다는 생각이 들었다. 하지만 의무감으로 가는 것이라 더욱 성가신 기분이었다. 네비를 찍고 거리를 확인하니 한숨이 절로 나온다. 급할 것도 없는 나는 시동을 걸고도 한동안 차에 가만히 앉아 있었다. 꼭 가야 할지 말지를 골똘히 생각해 보았다. 정작, 노인의 안전을 확인한다고 달라지는 건 아무것도 없다. 불편한 내 마음만 조금 편해지는 것뿐이다. 노인은 대체 무슨 생각으로 전화를 받지 않는 것일까? 귀찮고 성가신 노인의 존재가 다시금 눈살을 찌푸리게 만든다. 차마 내치지 못하는 내 마음조차 미웠다. 조금 더 차갑고 냉철하게 노인을 대해야 한다고 생각했다.

노인이 기침도 했던 것 같다. 쿨럭쿨럭 기침 소리가 언뜻 스친

다. 하지만 노인은 자기 건강을 수시로 염려하는 사람이었고, 많이 아프면 무조건 약국으로 달려갔다. 그런 노인인 터라 많이 아플 것 같지는 않다. 노인의 건강상태가 안 좋아 보인다고 해도 정작 노인을 모시고 병원에 갈 생각도 없다. 노인은 스스로 자기 건강을 철저하게 관리해야 한다. 노인이 내게 무엇인가를 바라는 것은 지나친 욕심이었다. 자신의 살 길은 스스로 찾으며 살아야 할 노인이다.

고열이었다. 열이 나고 아팠지만 상의할 엄마가 없어서 나는 등교를 했고, 결국 학교에서 풀썩 쓰러지고 말았다. 양호 선생님의 간호를 받으며 빨간 물약을 받아먹는데 갑자기 울음이 터졌다. 자신에 대한 연민이었다. 이렇게 아픈 날에도 누군가의 보살핌을 받지 못한다는 것이 너무 슬펐다. 제멋대로 무속인의 삶을 사는 엄마가 싫었고, 그런 엄마를 끝내 견디지 못하고 떠나버린 아빠도 미웠다. 용서할 수 없는 야속한 사람들이었다. 내가 아픈 시간에 노인은 어디서 무얼 했단 말인가? 잘난 신 엄마께 엎드려 산 기도를 하고 있었을 것이다. 날카로운 칼날 위에서 계속 폴짝폴짝 잘 뛰게 해 달라고 간청했을 것이다.

노인을 향해 가는 길은 멀었다. 400km 가까이 되는 거리도 거리였지만, 몇 번이고 나는 차를 집으로 돌리고 싶었다. 지금이라도 노인이 예의 무뚝뚝한 목소리로 전화해 자신의 안전을 확인해 준다면 미련 없이 서울로 차를 돌릴 판이었다. 평소 속도의 반으로 감속해 달려야 할 만큼 도로는 미끄러웠다. 기록적인 폭우에 길 위에 차가 많지는 않았지만, 유실된 도로가 많아서 위험천만한 곡예를 하듯 천천히 차를 몰아야 했다. 휴게실에 들러 다시 노인에게 전화를 시도해 보았지만, 노인은 받지 않았다. 젠장, 나도 모르게 터져 나온 말이었다. 노인의 안전을 확인하지 않은 마당에 신경질적인 말이 먼저 튀어나왔다. 노인은 사람을 힘들게 만드는 놀라운 재주가 있는 사람이다. 하고 싶어서 하는 일이 아니어서인지 더 피곤하게 느껴졌다.

속도를 낼 수 없는 고속도로는 사람을 더욱 힘들게 했다. 비는 더욱 세차게 퍼부었다. 차가 곧 물에 잠길 것만 같았다. 생전 처음 보는 성난 날씨. 태풍의 영향권이 눈으로 들어가고 있다고 하며, 오늘 내일이 고비라고 라디오는 꾸준히 위험을 경고하고 있다.

노인은 집에 있을까? 만에 하나 노인이 집에 있어도, 혹 노인이 부재하더라도 신경질 나기는 매한가지일 것이다. 집에서 전화가 걸려왔다. 딸아이였다. 내일 대학진학으로 담임선생님과 면접이 잡혔다는 통보였다. 고3이 되어 잔뜩 예민해진 아이는, 퉁명스럽게 말했다. "이렇게 비가 쏟아지는데 대체 어디에 가시는 거예요? 내일이 면담이라고 지난주에 말했잖아요." 나는 내일 면접에는 차질 없게 집에 가겠다고 둘러댔다. 언제나 노인이 화근이다. 노인만 아니었다면 딸아이와 이렇게 부딪힐 일도 없었을 것이다. 딸아이의 대입만큼 중요한 것이 없는데. 길바닥에서 시간을 허비하고 있다고 생각하니 마음이 조급해졌다. 운전대를 쥔 손에 잔뜩 힘이 실렸다. 모든 것이 불만스러운 상황이다. 딸 아이의 책상에 간식이라도 놓아두고 왔어야 했다. 급한 마음에 서둘러 나오면서 아이를 챙기지 않은 것이 못내 마음에 걸렸다.

비가 세차게 창을 두드린다. 갑자기 내린 소낙비였다. 친구들은 모두 엄마와 우산을 쓰고 뿔뿔이 흩어졌다. 나는 차마 빗속으로 뛰어들지 못하고 우두커니 서 있었다. 누군가 내게 물었다. "너는 엄마가 안 오니?" 나는 고개를 저었다. "아니에요. 지금 오실 거예요. 기다리고 있어요." 그 노란 우산이라도 얻어 쓰고 집에 갔어야 했다. 마지막으로 노란 우산을 든 학부모가 다녀간 뒤, 나는 추적추적 비를 맞고 걸어야 했다. 주룩주룩 쏟아지는 비는 그칠 줄 몰랐고, 나는 몸을 덜덜 떨며 빗속을 걸었다. 그날의 서글픔을 생각하면, 지금도 눈앞에 뿌옇다. 어머니는 산에 올라 대체 어떤 기도를 하는 거란 말인가? 점쟁이가 된 엄마는 왜 자식의 마음을 점치지 않는지 알 수 없는 노릇이었다. 그날, 찬비를 맞고 집으로 돌아온 나는 독감에 걸려, 며칠을 끙끙 앓았다. 어린 나이에 보호자가 없다는 것을 받아들이는 건 버거운 일이었다. 엄밀히 따지면 보호자가 없는 것도 아니었지만 사랑으로 보살피는 사람이 없이 유년기를 보냈다.

단지 비가 온다는 이유로 노인의 집을 찾는 것이 싫었다. 태풍이야 오건 말건, 가고 싶지 않은 노인의 집이다. 정작 노인은 내가 외면해도 할 말이 없는 사람이다. 폭우로 노인의 집이 휩쓸려 간다고 해도, 노인은 나를 원망할 처지가 못 된다. 자신의 젊은 날을 돌아보고 마음의 상처만을 남긴 걸 반성해야 한다. 노인은 대체 무얼 하느라 전화도 받지 않는 것인지. 노인의 오래된 이동전화는 이제 맞는 충전기도 많지 않다. 그래서 집에 와서 충전을 해야만 한다. 언젠가 노인이 쥐가 전깃줄을 갉아 먹는다고 이야기했던 것이 떠오른다. 노인의 충전기를 생쥐들이 야금야금 갉아 먹은 것일까? 노인을 챙기는 것이 아무도 없어서 해야 하는 일이라는 게 너무 싫다.

내림굿을 하고 노인은 제법 점을 잘 쳤다. 없는 시골 사람들은 점을 보는 값으로 흰쌀을 퍼오기도 하고, 쌈짓돈을 내놓기도 했다. 무언인가 대가를 받지 않으면 노인은 아팠다. 점을 보고 나면 정성으로 내놓는 물 한잔이라도 마셔야 한다고 노인은 말했다. 노인이 신을 거부했다면 노여움이 가득한 신은 나를 데려갔을 거라고 사람들은 수군댔다. 노인이 무당이 된 것이 내 탓이라는 말은 나를 더욱 지치게 만들었다. 인정할 수 없는 죄였다. 증명도 할 수 없는 말들로 사람들은 나를 슬프게 만들었다. 사람들의 입에 내 이름이 오르내리는 것조차 정말이지 싫었다.

신 엄마를 받던 날, 그녀는 귀신같이 신 엄마가 풀숲에 숨겨 둔 딸랑 방울을 찾았다. 기쁨에 겨워 폴짝폴짝 뛰며 연신 방울을 흔들었다. 사람들은 진짜 용하다고, 신통하다고 칭찬을 아끼지 않았다. 제 목소리를 잃은 엄마는 갑자기 동자가 되었다며 아기 목소리를 냈고, 휙 나를 돌아보더니, "너는 너희 엄마 싫어하는구나?"라고 말했다. 속마음을 들킨 나는 얼굴이 확 붉어졌다. 나는 엄마가 싫었다. 굿판을 벌여 나를 창피하게 만드는 엄마를 좋아할 수 없었다.

로드킬을 당한 노루가 도로 한복판에 쓰러져 죽었다. 억수같이 쏟아지는 비에 시야가 흐릿했던 노루는 차에 치여 운명을 달리 했다. 노루의 붉은 피가 길바닥에 순식간에 깔렸다. 창문을 열지 않았는데도 피비린내가 나는 듯했다. 끔찍했다. 사지가 굳어버린 노루는 짐짝마냥 도로를 뒹굴고 있다. 차마 눈도 감지 못한 노루는 선한 눈망울을 가졌다. 선한 것들은 왜 그리 모두 힘이 없는지 모를 일이다.

껍질을 벗긴 소를 제물로 드리고, 엄마는 사뿐사뿐 춤을 추었다. 엄마의 손에 꼭 쥔 딸랑 방울이 시끄러운 박자를 만들어 갈수록 소의 눈은 흐리멍덩해졌다. 가죽이 홀딱 벗겨진 소는 채, 죽지 않고 눈을 느리게 끔벅거렸다. 어린 나이였지만 나는 소가 빨리 죽어버리길 바랐다. 저 처참한 고통에서 놓임 받는 것은 오직 죽음뿐이었다. 신 엄마의 잔인한 주문에 따라 껍질 벗긴 소를 제물로 바친 엄마가 너무도 끔찍했다. 원래도 엄마 품을 멀리했지만, 그 뒤로 나는 더더욱 엄마를 가슴에서 밀어냈다. 가정적인 엄마까지는 바라지도 않았지만, 온전한 정신의 엄마라면 좋았을 것이다. 신당을 차려놓고 점을 치는 엄마는 내게 너무 두려운 존재였다. 엄마라는 존재가 마음을 뻔히 들여다본다는 것도 싫은 이유가 되었고, 자식보다 신을 택한 엄마를 끝없이 원망했다. 엄마는 동자 신이 실리면 아기 목소리를 냈고, 용왕 신이 실리면 나이 든 굵은 남자 목소리를 냈다.

지금이라도 차를 돌려 집으로 돌아가고 싶은 마음에 노인에게 전화를 걸었지만, 노인은 받지 않는다. 짜증스럽다. 고독사하는 노인들이 늘어나고 있다는 신문기사가 언뜻 떠올랐고, 어쩌면 이미 노인이 죽었을지도 모른다는 생각이 들었다. 노인이 죽었더라도 나는 별반 슬프지 않을 것이다. 노인의 초라한 자신의 삶을 미련 없이 마무리했다면, 주검을 치워주면 그만이다. 노인이 죽어 있는 광경을 목격하더라도 울부짖지 않을 자신이 있었다. 나는 아주 여러 번 노인이 그만 죽어주길 바랐다. 없는 편이 나은 엄마였다. 노인만 아니었다면 나는 친구들로부터 손가락질 받을 일도 없었고, 무서운 신당을 들여다보지 않아도 되었다.

재차 노인에게 전화 버튼을 눌러 보지만, 받지 않는다. 나는 노인의 친구들의 전화번호를 알아두지 않은 것을 후회했다. 이렇게 노인과 연락이 닿지 않은 날, 전화가 연결되었다면 먼 걸음을 하지 않아도 되었을 것이다. 노인에 대한 기억은 곱씹을수록 좋지 않은 것들뿐이다. 노인과 나 사이에 되새기고 싶은 아름다운 기억은 존재하지 않는다. 노인은 곁에서 멀면 멀수록 마음 편한 존재이다. 심리적으로도 결코 가까워지고 싶지 않은 사람인 것이다.

처음에는 가족을 떠난 아버지를 원망했지만, 나는 자라면서 어느 정도 아버지를 인정하게 되었다. 자신만의 삶을 살고 싶었을 것이다. 늘 귀신 같은 눈으로 빤히 노려보는 아내를 어떻게 견딜 수 있었겠는가. 자식에 대한 사랑보다 자신이 먼저 살아야겠다고 생각했을 것이고, 지옥 같은 집에서 탈출하는 것만이 유일한 해방이라 믿었을 것이다. 어쩌면 그는 신속하게 올바른 판단을 한 것인지도 모른다. 자식을 더 사랑해 주지 않은 것은 못내 안타까운 일이지만, 그의 입장을 이해할 만큼 나는 많이 자랐다.

300km를 지나왔다. 노인의 집이 가까워질수록 이내 마음은 편안해졌다. 할 일을 모두 마치고 서둘러 다시 집으로 돌아가야 한다. 노인과는 나눌 대화도 없고, 소소한 행복을 교류할 입장도 아니다. 얼굴만 확인하면 이내 돌아서도 그만인 인연이다. 늙은 사람을 향해 덜 나이 든 사람이 품을 수 있는 연민 정도로 노인에 대한 예의를 지켜가고 있다. 노인에게 새 이동전화를 사주고 돌아와야 한다. 선물하고 싶다기보다 다시는 이런 마땅치 않은 상황을 만들고 싶지 않은 이유다. 이동전화를 개통하는 사이, 우동 국물로 허기진 배를 채웠다. 노인 때문에 배를 곯아가면서 이곳까지 왔다는 것이 퍽 못마땅하다. 노인은 내게 아무것도 해 준 것이 없는데 자식된 도리를 한답시고 차를 몰고 온 것이 끝내는 후회가 되었다.

어린 시절, 나는 따뜻한 국물이 그리웠다. 엄마가 해 준 집밥이 먹고 싶었고, 따뜻한 쌀밥이 그리웠다. 보온 통에 밥과 반찬을 담아주며 자식을 아껴주던 수많은 엄마들을 보면서 무당의 딸이 된 처지가 가슴 아팠다. 무속인이 된 엄마는 점을 보러 찾아오는 사람들과 늘 긴 이야기를 나누었고 나는 뒷전이었다. 엄마와 함께 마주 앉아 받던 밥상이 얼마나 그리웠는지 모른다. 소소한 나의 행복을 모조리 빼앗긴 것 같아 마음이 서러웠다. 야무지게 국물을 들이켜며 새삼 가슴 아픈 지난날을 회상한다. 노인을 떠올리면 공연히 눈물 나는 일이 많았다. 그런 이유로 나는 최대한 나의 일상에서 노인을 기억하지 않으려고 노력했다.

　노인은 내 전화번호를 1번으로 저장해 두었다. 나는 노인에게 1순위인 것이 싫었다. 노인은 나를 사랑하는 딸이라고 입력해 두었다. 나는 노인에게 뒤늦게 사랑받는 것도 싫었다. 나는 노인을 정읍이라는 지역으로 저장해 두었다. 노인이 사는 고향 땅이 노인을 대신한다. 노인도 나와 같은 마음으로 간격을 유지하며 있어 주면 좋겠다. 나는 과거를 아는 친구들과는 모조리 인연을 끊었다. 지난 얘기를 나누며 살고 싶지 않았고, 나를 진심으로 위하는 친구도 차마 만들지 못했다. 내 안에 똘똘 뭉친 자격지심은 인연을 모두 멀리하도록 만들었다.

　노인의 집이 가까울수록 차를 모는 속도도 느려졌다. 비가 세차게 내리는 것도 이유가 되었지만, 내가 이곳에 왜 왔는지 슬며시 후회되는 까닭이었다. 노인이 부디 자신을 지나치게 걱정해서 온 것으로 착각하지 않았으면 좋겠다. 뭔가 노인에게 착각의 여지를 남기고 싶지 않았다. 노인이 자신이 사랑받는다고 여기지 않길 바랐다. 실제로 나는 노인을 별반 마음으로 아끼고 사랑하지 않기 때문이다.

　마지막 휴게실에 들러, 노인에게 건넬 휴대전화를 개통했다.

시대가 좋아져서 요즘을 어디서고 간편하게 이동전화를 만들 수 있는 세상이 되었다. 가장 저렴한 요금제를 선택했다. 노인이 언젠가 말했던 큼직한 숫자의 효도폰을 선택했다. 효도폰이라는 문구가 마음에 들지 않았지만, 노인들을 위한 이동전화는 그 모델 외에 보이지 않았다. 노인에게 마지막 효도를 하자고 마음먹고 개통을 요청했다. 이런 폭우가 쏟아지는 날, 이동전화를 개통하는 사람은 나 하나뿐일 거라 생각하니 뭔가 노인과 나의 관계가 특별하게 생각되어 기분이 별로다.

익숙한 고향 마을이 눈에 들어왔다. 나는 노인의 집으로 향한다. 노인이 부재중이다. 하지만, 집안의 공기가 훈훈한 걸 보니, 노인이 방금까지 머물렀던 것 같다. 그만 돌아설까 생각하다가 그래도 노인의 안전을 눈으로 확인하는 것이 나을 것 같아, 잠시 기다려 보기로 한다. 노인은 이렇게 비가 퍼붓는 날, 어디를 갔을까? 참으로 지겨운 사람이다. 끝내 자신의 존재를 빠르게 확인시켜주지 않고, 한 번 더 짜증이 복받치도록 만든다. 딸아이의 재촉하는 음성이 들려오는 듯하다. 공연한 짓을 했다는 후회가 밀려온다.

비가 더 세차게 퍼붓는데도 노인이 돌아오지 않는다. 서둘러 집으로 돌아가 딸아이와 수시 원서 개수를 정하고, 등급을 확인해야 하는데 또 노인이 걸림돌이다. 노인은 내 인생에 결코 도움을 주는 존재가 아니다. 나는 큰 장우산을 트렁크에서 꺼낸다. 노인을 찾아 나설 요량이다. 멀리서 노인의 존재를 눈으로 확인하면

구태여 말을 하지 않고 돌아서더라도 마음은 편할 것이다. 하지만 이동전화를 주고 돌아가야 한다.

이동전화를 쓸 줄도 모르는 노인에게 방법은 일러주고 가야 할 것이다. 노인을 위한다기보다는 기계가 제 기능을 성실히 수행하도록 만들어야 한다는 생각이다. 무엇이든 노인을 위한 배려는 하고 싶지 않다. 집에 놓아두고 가버리고 싶지만, 노인은 제 물건인지도 모를 것이고, 기존의 이동전화에 문제가 있다면 노인은 전화를 걸고 싶어도 전화할 수 없을 테니까. 일단 걸음을 재촉해 노인을 찾아 나선다.

멀리, 성황당이 보인다. 노인이 수시로 드나들던 곳이다. 노인이 미치지 않고서야 성황당에 갔을 리 없다고 생각한다. 무심결에 지나치려는데 멀리 익숙한 실루엣이 보인다. 늙어빠진 노인은 아직도 신 어미를 그리워하며 성황당을 찾는 모양이다. 잔뜩 곤두선 나는 그냥 돌아서려다 말고, 우산이라도 집어 던지고 올 요량으로 성큼성큼 노인을 향해 걷는다. 무속인도 아닌 마당에 아직도 신에게 기도할 것이 있다는 게 답답하다. 아무리 무식한 늙은이라도 멈춰야 할 때 멈출 줄은 알아야 하지 않는가. 지금껏 자식의 삶을 온통 엉망으로 만들어 놓고도 성황당을 찾는 정신 나간 노인을 보니 입이 떡 벌어졌다.

어렸을 때, 나도 저곳에서 돌탑을 쌓았다. 정말로 신이 있다면 엄마가 온전한 삶으로 돌아오기를 바라며 소원을 빌었다. 하늘 높게 탑을 쌓으면 소원이 이루어질까? 간절히 바라고 원하면 이루어진다는 말을 곱씹으며 탑을 놓게 쌓았지만 결국, 엄마는 신 어미를 택했고, 내 소원은 하루아침에 물거품이 되었다. 엄마가 작두를 타던 날, 나는 성황당 앞에 정성껏 쌓았던 나의 돌탑을 발로 걷어차 무너뜨렸다. 진실로 원한다고 해도 안 될 일은 안 되는 것이었다.

노인은 구부정한 등으로 돌을 줍고 있었다. 아마도 돌탑을 다시 쌓는 중인가 보다. 비바람에 무너진 돌탑을 세찬 비를 맞으며 정비하고 있는 미련한 노인을 보니 기가 찼다. 신에게 기도해서 노인은 무엇을 얻었는가? 노인은 하나뿐인 자식에게도 사랑받지 못하고 외롭게 늙어가고 있지 않은가. 평생 사랑해 줄 것 같던 신 어미도 총기가 떨어지자 달아나지 않았는가.

미련한 노인은 이미 마음을 돌린 신 어미를 향해 무슨 기도를 한다는 것인지 알 수 없는 노릇이다. 노인에게 가깝게 걸어갔다. 노인은 기도에 집중한 나머지 누가 곁에 오는 인기척도 느끼지 못하고 웅얼웅얼 탑을 쌓는다.

노인은 형편없이 무너진 성황당 돌탑을 다시 차곡차곡 일으켜 세우며, '딸자슥만 아모 탈 없게 해주시오, 그것뿐이라오.'라고 읊조리듯 말하고 있었다. 장대비에 가려진 내 눈이 어느 틈엔가 젖어 있었다. 나는 숨죽여 노인의 하찮은 기도를 가만히 듣고만 있다. 어리석은 노인은 이미 떠나버린 신에게 간청하며 쓸모없는 기도를 올리고 있다.

오토마우스

오토마우스

'개 낚시'라고 들어 본 적이 있는가. 내가 아는 놈 중에 명태눈깔이라는 놈이 있었는데, 그놈은 개 낚시를 한다. 개 낚시를 한다고 해서 바다나 강에 가서 하는 게 아니고 멀쩡한 골목이나 대로에서 그것도 대낮에 개를 낚는다. 아니 무서운 개를 어떻게 낚느냐고? 그것은 그놈을 몰라서 하는 말이다. 그러니까 오징어 낚시를 아는지 모르겠지만 낚시를 빙 둘러서 아무데나 덥석 물기만 하면 바로 꿰어지는 갈고리처럼 생긴 낚시 바늘, 아무튼 그것을 써. 그 끝에다가 미끼로 시장바닥에서 굴러다니는 동태 대가리나 푸줏간에서 얻은 소고기 기름덩어리 같은 것을 오징어 낚시에다 살짝 끼워. 그리고는 큰 개가 사는 골목으로 들어가서는 문이 열린 집을 찾는 거여. 문을 살짝 열고는 낚시 바늘을 들이밀어. 그러면 고소한 맛에 개가 덥석 물지. 그러면 끝나. 그때부터 개는 찍 소리 못하고 끌려 나오지. 명태눈깔은 죽은 명태눈깔마냥 더욱 더 히번득하게 뜨고서는 낚시 바늘에 물린 개를 그대로 들쳐 매고는 유유히 사라지는 것이다. 개는 제대로 한 번 짖어 보지도, 깽, 소리 한 번 질러 보지도 못하고 목이 메여 황천길을 가 버리는 것이다.

오늘 나는 멍청한 놈을 하나 물었다. 그놈은 오토마우스의 밥이다. 그도 그럴 것이 놈은 정말 한 입 거리도 안 된다. 한 번 물었다 하면 나에게 바로 끌려온다. 그놈은 내가 오토마우스를 하는지 모른다. 한방에 날려 버릴 수 있는 작동법을 알고 있는 나에게 그런 피라미 같은 놈들은 밥이다. 그런 놈만 매일 두세 놈만 걸리면 직장을 잡으려고 전전하지 않아도 될 것이다. 그런데 그런 놈은 좀처럼 찾아내기가 힘들다. 이런 놈에게는 정말 도박처럼 처음에는 조금씩 잃어주는 척하면서 겨우 판돈을 따는 식으로 슬슬 한다. 그러다 보면 한 시간이고 두 시간이고 하게 된다. 물론 그 중에 한두 번은 잃어 준다. 하지만 결국에는 상대 호주머니를 다 털리게 만든다.

나는 왜 저런 기막힌 생각을 하지 못했을까? 여름철 복날에는 제법 돈벌이가 붙었을 일거리다. 연일 뉴스에서는 생계형 범죄에 대해 떠들어댄다. 분유 값이 없어 분유통을 훔친 어머니 이야기, 삼남매와 함께 자살을 기도한 부정, 식물인간이 된 외동딸의 산소 호스를 빼버린 노모, 누가 그들에게 돌을 던질 수 있단 말인가?

면접을 보기 전, 거래할 아이템이 있어 서둘러 길을 나서던 참이었다. "아템 직거래 원해여–, 삼십에 플래티늄. 물약과 셋트 구입 가능?" 잠시 망설였지만 단골고객인 탱크보이에게 미련 없이 아끼는 아이템을 넘기기로 마음을 굳힌 후 걸음을 재촉했다. "잠실역 4번 출구 물품보관소 앞. 1시. 시간 엄수바랍니다."라는 건조한 답장을 전송한다. 현찰로 1:1 거래를 하는 것이 사기의 위험을 줄이는 방법임을 서로 잘 알고 있다. 프리서버로 운영자인 내겐 누구나 탐내는 요정과 여전사가 있다. 허나, 저작권 보호법이 강화되면서 바닥이 좁아지고 있고, 사이버 수사대의 감시망을 피하기도 수월치 않다. 여러 개의 아이디를 번갈아 사용하며, 허위 신상으로 수사의 혼선을 일으키고 있지만, 더는 못할 짓이다. 보유하고 있는 아이템을 적정선에 처분하고 발을 빼야 할 때가 왔다. 수사대에서는 나를 낚기 위해 고액의 현물거래를 원하며 유혹하는 귀엣말을 건네 오지만, 나는 눈앞에 먹이를 덥석 물지 않는다. 섣부른 욕심은 컹컹 소리 한 번 못 내고 낚시 바늘을 따라 걸렸던 누렁이처럼 저항 못하는 함정으로 빠뜨린다. 사이버수사대는 고액현찰이라는 구미 당기는 미끼로 끊임없이 나를 낚고자 하지만, 아이템의 적정가격을 파악하는 내겐 잘 먹혀들지 않는 유인책이다.

온라인 취업 사이트를 전전하던 나는 머리를 식히기 위해 접속한 게임의 채팅창을 통해 오토마우스 기능을 터득하게 되었다. 사용자의 지시명령에 따라 단순작업을 반복하게 만들 수 있는 유용한 작동명령, 부지런히 화면을 보고 공격 대상을 정해 클릭하지 않아도 그들은 나를 위해 수고하였으며 별도의 대가도 바라지 않았다. 좁은 화면 안에는 일꾼들이 가득하다. 나의 부당한 지시를 받고 부지런히 석탄을 캐는 광부들이다. 평면으로 모니터를 바꾸어 그들에게 좀 더 넓은 세상을 선물해 주고 싶다. 간단한 조작만으로 그들을 마음껏 부려먹는 고용주의 입장이 되어 폭리를 취하며 산다. 개미떼처럼 모여 들어 작업을 하면서도 불평 한 마디 없다. 마우스로 영역을 이동해도 내게 항의하지 않는다. 숙명처럼 일만하는 나의 일꾼을 보는 것이 최고의 낙이다. 그들이 벌어들인 석탄으로 나는 마음껏 아이템을 마련할 수 있을 것이다. 새롭게 단장한 아이템 코너에서 여유롭게 사치할 수 있도록 만들어 주는 나만의 일꾼. 내가 조작방법을 잊어버리지 않는 한 영원히 그들은 도덕성을 상실한 고용주 밑에서 쉬는 시간도 없이 석탄만 캐야 한다. 늘 나와 대적하던 꿈동이 님이 최근 자취를 감추었다. 꿈동이 님은 오토마우스를 조작하며 화면 가득 그의 바람을 털어놓았다. "일하고 싶다. 아! 지겨운 게임. 백수생활 탈출하면 다시는 게임을 조작하며 사는 이딴 짓 안해야지." 채팅창 가득 '아-아-아- 일하고 싶다아-'를 마지막으로 그는 게임에 접속하지 않는다. 실력이 출중했던 꿈동이 님과 재회하지 못하는 건 아쉽지만 익숙한 닉네임이 재접속하지 않기를 소망해 본다. '나도 이딴 짓 이젠 접어야지.' 하지만, 한번 꼬인 인생의 박자는 나를 컴퓨터 자판 앞에 묶어 두었다.

내키는 일자리를 찾기란 쉬운 일이 아니다. 이태백, 사오정 시대에 눈높이를 낮추지 않으면 일터를 구할 수가 없다. 실상 나의 조건은 까다롭지 않다. 마음 붙이고, 안정적으로 근무할 수 있는 직장이면 되는데 그조차 비정규직, 계약직이란 단어가 따라 붙으니 발만 구르게 된다. 하루아침에 계약이 종료되고 연봉협상이 결여되면 조용히 책상이 치워지는 애간장 녹는 일자리들만 자잘한 활자로 소개된 긴급 구인란은 턱 숨이 막힌다. 계약종료로 인한 해고는 너무 부당하지만 고용주를 향해 원성조차 내뱉을 수 없다. 칼자루를 쥐고 있는 사람을 향해 자리를 걸고 부당함을 토로하긴 힘든 일이다. 고양이 목에 방울을 달겠다고 목소리를 높인 사람들은 하나같이 권고사직 처리되었다.

　나는 요즘 거짓 명함을 소지하고 다닌다. 불과 몇 달 전의 일이다. 우연히 길에서 만난 고교동창은 내게 반가움을 표하며 연락처를 요구했다. 요즘 뭐하고 사니, 이게 얼마만이야. 호들갑을 떨며 연락처를 달라는 그녀의 질문에 흠칫 당황했다. 오랜만에 마주친 기쁨도 이내 시들해졌다. "어쩌지? 내가 명함을 두고 와서 말이야. 폰 번호 불러줄게." 영리한 그녀는 자신의 휴대전화를 꺼내 내게 전화를 걸었다. "찍힌 건 내 번호야. 조만간 연락해서 만나자. 참 그런데 직장은 어디야?" 나의 직장은 광범위하다. 의식의 너머, 온라인 공간 전체가 나의 일터다. "나중에 만나서 얘기하자. 업무상 미팅이 잡혀 급히 이동 중이었어." 황황히 자리를 피한 나는 두 번 다시 당혹스러운 상황을 연출하고 싶지 않았다. 그 길로 명함가게에 들러 찢어지지 않는 비싼 코팅 종이 위에 이름 석 자를 고급스런 직함과 함께 찍어 넣었다. 선임연구원이라는 그럴싸한 포장이 이름 앞에 붙자 내심 자신감이 솟았다. 그날, 온라인상의 아바타에게도 처음으로 이름표를 선물해주었다. 네게도, 내게도 이름표가 필요해.

덜컹거리는 낡은 버스에 몸을 실었다. 퇴근시간을 넘긴 터라 한산할 시간인데 버스 안은 만원이다. 콩나물시루 같은 버스는 약한 에어컨 바람 탓에 비릿한 땀내로 역한 공기를 뿜어내고 있다. 날씨만으로도 불쾌지수가 높아진다. 면접을 치루는 사무실에 에어컨이 급작스레 고장 나면 어쩌지? 심사위원들은 기후로 인해 불쾌지수가 높아져 공연한 짜증을 낼지도 모른다. 쓸데없는 날씨 걱정까지 들만큼 자신감이 없다. 정규직 일자리를 찾아 다섯 번씩이나 원서를 냈지만, 번번이 합격하지 못했다. 그때마다 난 컴퓨터 자판 앞으로 돌아가야만 했다. 달콤한 유혹을 명분 없이 끊기란 쉽지 않은 일이다. 일자리를 구하면 프리서버 운영직을 사퇴해야지. 정규직에 채용되면 오토마우스 기능 따원 잊어줄 수 있어. 하지만 난 사이버 수사대의 감시를 받으며 뒷구멍에서 돈을 챙기는 비굴한 직업에 여전히 종사하고 있다. 잠시 창밖의 풍경과 눈을 맞추려는데 한 사내가 큰 가방을 들고 기우뚱 차에 오른다. 언뜻 여행용 가방처럼 보이는 새까만 가방은 한껏 구겨 넣은 짐으로 인해 배가 불룩하다. 저 안에 무엇을 저리 꽉 쟁여 넣었을까? 사내는 기사에게 정중히 고개를 한 번 숙이고, 버스비를 지불하지 않았다. 그는 다짜고짜 궁금하지 않은 자신의 신상소개를 늘어놓는다. 감옥에서 출소한 지 어느덧 일 년이 훌쩍 지났다는 말로 시작한 본인 소개는, 당장 생계가 막막하니 또 다른 범죄의 유혹에 빠지지 않게 좀 도와달라는 호소다. 도움을 줄만한 가족도 없고 감옥에만 오래 지내다 보니 간간이 연락이 닿던 인연도 찾을 수가 없단다. 사내는 바늘 한 쌈을 손에 쥐고 있었다. 가격은 천 원이었다. 전과자란 낙인이 찍히니 도무지 직장을 구할 수가 없단다. 이력서를 들고 몸부림치며 뛰어 보았지만 사회적 냉대와 편견 앞에서 좌절하고 상처받았다며 동정을 호소한다. 그의 전과를 어떻게 믿지? 그는 한때 금고털이범이었으며 집단폭력 전과를 더한 화려한 과거를 부담스럽게 늘어놓았지만 선뜻 물건을 팔아주는 사람은 없다. 그는 손님을 낚기 위해 서러움이 묻어나는 우울한 목소리로 말을 이었으나 흔한 풍경에 모두들 싫증난 얼굴이다. 나는 전과의 이력이 있는 그가 바늘을 팔고 다니는 것이 못마땅했다. 얼마든지 흉기가 될 수 있는 물건이라는 생각이 들자 공연히 심장이 뛰었다. 짐짓 딴청을 부리며 자글자글 잡음이 많은 라디오에 귀를 기울여 본다.

공중전화에서 갓 출소한 듯 보이는 사내를 만난 적이 있다. 짧은 머리칼 덕분에 뒤통수는 파르스름했고, 유행이 지난 낡은 청바지와 계절에 맞지 않은 목이 올라온 남색 농구화는 우스꽝스럽기까지 했다. 색이 바란 체크무늬 트렁크는 싸구려 냄새를 풍겼다. 그는 이십 원을 또르르 전화기에 굴려 넣고 공중전화가 돈을 삼켰다며 주먹으로 전화기를 쾅쾅 내려치고 있었다. 그가 수감되어 있던 시간 동안 전화요금은 인상을 거듭해 칠십 원이 되었지만, 그는 이십 원의 공중전화 요금에서 세월이 멈추었다고 믿고 싶은 모습이었다. 자세히 들여다보니 파르스름한 뒤통수에는 흰 머리칼도 쉽게 눈에 띄었다. 햇빛에 반사된 흰 머리칼은 유난히 반짝였다. 방전된 배터리 탓에 급히 전화할 곳이 있던 나는 상대에게 겨우 들릴만한 작은 소리로 조심스럽게 말했다. 잡상인의 이목구비를 들여다본다. 어렴풋이 떠오르는 그의 몽타주와는 다른 이미지다. 겹겹이 쌓인 의심이 깊어만 간다. 벌이가 신통치 않은 그는 다음 정거장에서 배불뚝이 가방을 들고 내렸다.

거래를 약속한 물품보관소 앞을 잰걸음으로 걷는다. 분위기가 심상치 않다. 느껴지는 낌새가 수상하다. 여기서 낚일 순 없다. 엄습해 오는 불길한 예감에 나는 바로 걸음을 돌리고 휴대전화의 전원을 껐다. 온라인 게임업체의 원성이 잦아지면서 불법 서버 운영이 힘겨워지고 있다. 상대가 눈독들인 아이템은 언제고 팔 수 있다. 지금은 나의 안전이 가장 중요하다. 출구를 향해 위태로운 걸음을 딛는다. 두리번거리던 탱크 보이와 잠시 눈이 마주쳤으나 그는 나와 오프라인 거래가 처음이므로 나를 알아보지 못했다. 탱크 보이는 사이버 수사대의 함정 아이디일지 모른다. IP 추적을 피하기 위해 당분간 접속을 삼가야겠다.

일방적으로 취소한 거래로 인해 약속된 시간보다 일찍 면접 장소에 도착했다. 나처럼 서둘러 집을 나선 사람들이 대기 순서표를 받아 쥐고 있었다. 손거울을 꺼내 번질대는 화장을 정돈한다. 가족처럼 일할 수 있다며 새 식구를 찾는다는 광고문구와는 달리 모두가 제각각 무료한 표정으로 업무를 보고 있다. 내가 지원한 회사는 유통을 담당하는 중소기업이다. 여직원 하나가 심드렁한 표정으로 대기 순번을 건네주었다. 18번. '이번에는 무사히 면접을 통과할 수 있을지. 십팔이 뭐야.' 벽에 기댄 눈사람을 닮은 내 순번을 멍하니 바라본다. 어젯밤 잠을 설쳐가며 아이템 가격을 책정하느라 부스스하게 퉁퉁 부은 얼굴이 마음에 쓰였다. 총무 파트에 대한 경험이 없는 나로서는 새로운 모험이다. 초조하게 자신의 순서를 기다리는 면접 대기자들 사이에서 머릿속에 달달 외워둔 자기소개를 상기하며 나지막이 중얼거려 본다. 한 사람 앞에 오 분 정도가 소요되는 면접은 타이트하게 진행되고 있었다. 간혹, 관심이 가는 지원자가 있는지 다른 사람보다 시간이 길게 할애되는 경우도 섞여 있었다.

두근대던 긴장감은 이내 풀어져 순서를 기다리는 것이 지루해질 때쯤 번호가 불리고 나는 자리에서 일어나 대기실 앞에서 가볍게 똑똑 노크를 하고 들어섰다. 중견 간부로 보이는 네댓의 사람이 애써 밝지 않은 미소를 머금고 맞아 주었다. "왜 당신은 우리 회사의 입사를 결심했지요?" 동그란 눈매가 내가 키우고 있는 여전사와 많이 닮아 있다. 그녀에겐 멋진 갑옷이 어울린다. 저렴한 가격에 넘길 만한 투구도 있는데 이 자리에서 직거래를 유도해 볼까? 뜬금없이 떠오른 아이템으로 머릿속이 복잡하다. 나는 잠시 머뭇거리다 인터넷으로 회사 홈페이지를 보았고 평소 총무 파트의 일을 희망해 왔다고 답했다. 입사지원 동기를 묻고, 경력에 대한 추가 질문을 했다. 유통 분야 이력이 없는 내겐 난감한 질문이었다. 대략, 얼마 정도의 연봉을 생각하고 있냐는 질문에 저는 귀사와 함께 일을 하게 된다면 그것으로 영광이라 생각한다고 어제 접한 인터넷 사이트의 모범답안을 또박또박 발음했지만 원하던 답변이 아니었는지 그만 나가보라고 한다. 완벽하게 준비해둔 자기소개는 묻지도 않은 채 면접관들은 나에 대한 평가를 마무리했다. 면접관들은 개개인에게 배포된 A4 용지에 나에 대한 점수를 써 넣겠지. 쏟아지는 정보의 홍수. 대체 어떤 답변을 해야 그들이 나를 향해 호감을 보일 수 있을지 잠시 생각에 잠겼다.

면접대기표를 넘겨주었던 여직원이 다가와 말을 붙였다. "수고하셨습니다."라는 의례적인 인사말 뒤에 합격자는 개별통지가 간다고 휴대전화로 연락이 갈 거라며 지원 시 적었던 연락처를 다시 한 번 확인하곤 종종이는 걸음으로 출구를 안내해 주었다. 결과가 좋지 않을 것 같은 불안한 예감을 안고 나는 회사 문을 나섰다.

무심코 휴대전화를 들여다본다. 혹시나 있을지 모를 행운의 여신이 내 편에 서서 나를 합격시켜 줄지도 모른다. 나는 핸드폰의 매너 모드를 해지하고 벨소리로 바꾼 후 연결음을 가장 크게 설정해 놓았다. 찰나의 순간, 연락이 두절된다면 그들은 불편하게 내게 또 전화를 걸기보다는 다음 순서의 합격자에게 전화를 걸지 모른다는 불안감이 엄습했기 때문이다. 사지가 멀쩡한 사람이 하루하루 시간을 죽이며 자판만 마주하는 일도 힘든 일이다. 마땅히 시간을 지켜 갈 곳이 없는 나는 근처의 PC방을 향한다. 두 시를 조금 넘긴 시간인데도 PC방엔 사람들이 많았다. 회원가

입을 하면 이백 원이 할인된다는 문구를 읽고 화면을 부지런히 클릭하며 가입을 완료한다. 구석진 곳에 자리를 잡고 컴퓨터를 켠다. 게임이 잔뜩 깔린 PC는 답답하리만치 느리게 부팅 중이다. 구직 안내를 해주는 사이트에 접속하고 보관된 이력서에 수정사항이 없는지 다시 한 번 꼼꼼하게 살핀다. 언뜻 정장차림의 중년 사내가 눈에 띈다. 화면에는 요즘 인기를 끌고 있는 총싸움이 한창 진행 중이다. 두두두두-, 그는 세상을 향해 총을 쏜다. 이 시간에 PC방을 전전하며 시간을 죽이고 있는 현실을 향해, 아침에 그의 아내는 "여보, 오늘도 수고하세요."라고 인사를 했을까. 나 역시 그랬다. 회사에 잘 다녀오라는 가족의 배웅을 받고 피씨방 문을 열지 않았던가. 다다다다-, 총소리는 쉬지 않고 들린다. 물리적인 위력 앞에 상대 병사들이 힘없이 고꾸라지는 장면을 감각 없이 마주한 사내의 낯빛이 왠지 섬뜩하다. 붉은 피가 화면에 가득 고인다. 내가 운영하는 프리서버 사이트에는 좀 더 좋은 성능의 총과 총알이 비치되어 있다고 얘기해 주고 싶다.

앳된 얼굴의 학생도 보인다. 학교를 다녀야 할 나이에 PC방에 있는 모양새가 안됐다. 그는 광물을 캐내는 게임을 하고 있는데 손은 가만히 둔 채 화면만 응시하고 있다. 단순 반복 작업을 대신 실행시키곤 시선만 분주히 움직인다. 부도덕한 방법을 써서라도 캐릭터를 키워야 하는 청년은 교과서 대신 컴퓨터 자판을 마주하고 앉았다. 좀 더 업그레이드된 마우스 작동법을 알려줄까? 생명력을 높이고 속도만 좀 조작해 두면 상대를 수월하게 낚을 수 있을 텐데, 화면을 보니 답답한 마음이 앞선다. 슬쩍 말을 붙여보려다 그만둔다. 프리서버 운영자인 나는 언제나 신분을 철저히 숨겨야 한다. 나의 존재를 눈치채게 만드는 건 어리석은 일이다. 나는 오픈된 게임방에서는 불법거래를 하지 않는 치밀함도 갖추지 않았던가. 여기까지 와서 긴 꼬리를 밟힐 순 없다. 부쩍 강화된 사이버 수사대의 함정 수사가 나의 밥통을 조여오고 있다.

사내의 총소리는 멈추지 않고 울린다. 번히 그를 바라보자 시선을 의식했는지 볼륨을 약간 죽인 채 입을 삐죽대며 총질을 해댄다. 상대방의 군사가 피를 흘리며 죽어 가는데 그는 또 다시 수류탄을 투척하며 전투에만 열중한다. 결국 그는 자기 자신에게 총구를 겨누게 될 것이다. 의식적 위험성을 감지하지 못한 그는 이번엔 칼로 적군을 난사한다. 고꾸라진 그에게 칼날을 휘두르는 표정은 섬뜩하다. 좀 더 예리한 칼날로 바꿔주고 싶다는 생각이 든다. 어차피 살려둘 목숨이 아니라면, 깔끔하게 처치해 주는 것이 바람직하다. 즉사할 수 있는 무기로 눈 깜짝할 사이에 요령껏 죽이는 것이 제일이다. 거리 조준 능력이 뛰어난 그에게 어울릴만한 권총도 마련되어 있다. 잔뜩 독기가 오른 그는 높은 가격을 불러도 나의 아이템에 욕심을 부릴 것이다. 불행인지, 다행인지 온라인 세계에서 내 자리는 건재하다.

광물을 수북이 캐낸 학생은 두 대의 컴퓨터를 작동하며 캐릭터 키우기에 열을 올리고 있다. 오토마우스 조작을 종용하고 눈동자만 바쁘게 움직인다. 광부들은 화면 속에서 지치고 힘든 노동을 쉼 없이 하고 있다. 조금의 휴식시간도 없이 사용자의 불법 지시에 맞춰 팔이 빠져라 광물을 캐고 있는 광부들, 잠시 땀을 닦을 여유도 주지 않고 마우스 조작을 강행한다. 기대도 희망도 없이 시키는 대로 광물을 캐고 있는 무료한 표정의 캐릭터들이 문득 나의 모습과 닮았음을 느끼자 소름이 돋는다. 쳇바퀴 같은 일상에서 그도 또 다른 자신을 꿈꿀 것이다. 누군가 자신을 대신하여 광물을 캐주길 바라고 있지 않을까.

　어린 시절, 살던 마을에는 또래 아이들에게 귀신집으로 불리는 닭집이 하나 있었다. 우리들이 귀신이라 명명한 그녀는 닭집의 주인 아주머니였는데 그녀는 직접 산 닭을 손으로 잡아 팔았다. 자신의 마당에서 토종닭을 놓아기르며 닭요리를 시키는 사람들이 있으면 손님이 직접 요리할 닭을 고르게 한 뒤 녀석의 숨통을 끊었다. 그녀가 걸음을 옮길 때마다 닭들은 놀라 퍼드덕거리며 도망을 쳤다. 날지도 못하는 닭의 어깨 죽지에 붙은 양 날개가 무척 거추장스럽게 느껴졌다. 손님이 지목한 목표물을 향해 그녀는 정확히 손을 뻗쳤고 인정사정없이 닭을 패대기쳤다. 의식을 잃은 닭이 잠시 기절을 한 사이 뿌드득 닭의 모가지를 휙 비틀려 놓는다. 우악스런 손이 커다란 칼을 쥘 때면 나는 눈을 꼭 감아 버렸다. 다시 눈을 떴을 땐, 순식간에 모가지가 잘려 나간 닭이 제 목이 내동댕이친 뒤에도 펄펄 뛰며 놀라 뛰었다. 다른 닭들도 놀라 외쳐대는 꼬끼오 꼬꼬 소리가 마치 죽은 닭의 마지막 외침처럼 들려와 더욱 끔찍스러웠다. 모가지가 없이 피를 줄줄 튀기며 뛰어다니는 닭, 아직도 살아 있는 듯 눈을 끔뻑거리는 닭 모가지는 충분히 경악스러웠고 우리는 그녀가 사는 집을 주저 없이 귀신집이라고 불렀다.

그녀에겐 외동아들이 하나 있었는데 누구도 그 녀석과 친구가 되려 하지 않았다. 지금 그 아이의 얼굴은 공개수배 김모 씨의 몽타주처럼 대략의 윤곽만 남았다. 그때는 요즘처럼 급식이 보편화된 시절이 아니었다. 특정 사립학교에서는 급식을 실시하고 있었으나 대다수의 국공립학교에서는 도시락을 싸 와 식사를 했다. 녀석은 점심시간이면 닭 강정이며 닭고기향이 첨가된 비스킷은 잘도 아작거리면서도 닭집의 닭요리 반찬에는 입도 대지 않았고, 항상 혼자 점심을 먹었다. 떠도는 소문에는 손님이 먹고 남은 음식을 도시락 반찬으로 엄마가 싸준다는 말이 있었고, 그 아이가 부쳐 온 계란부침에는 닭대가리를 갈아 넣었다는 허무맹랑한 얘기도 돌았다. 어머니의 직업 덕분에 녀석은 늘 왕따였다. 엄마가 닭을 죽인 대가를 아이는 외로움으로 갚아내고 있었다. 허나 누구도 동정하지 않았고 암묵적인 약속으로 그와 동무가 되는 것은 그와만 놀겠다는 맹세와 같았다.

담임선생님께서 제출하라던 일기장을 내지 않아 아무도 없는 빈 교실에 과제를 갖다두려고 간 적이 있었다. 동무들이 떠난 학교는 음산하리만치 조용했다. 아이들의 일기장이 펼쳐진 채 수북이 올려 있는 선생님의 책상에는 공교롭게도 닭집 외동아들의 일기가 맨 위에 올려져 있었다. 행복해 보이지 않는 친구에 대한 호기심은 생각보다 강렬했다. 나는 자신도 감지하지 못하는 사이, 녀석의 일기장을 읽고 있었다. 결국 뜻하지 않게 녀석의 아픔을 보고야 말았다. "엄마는 할 줄 아는 게 닭을 죽이는 일밖에 없대요. 그래서 그 일을 하는 거래요. 근데 친구들이 나랑 안 놀아줘요. 엄마는 돈을 벌기 위해서는 당분간 이 일을 해야 한대요. 우리 엄마는 귀신이 아니에요. 돌아가신 아빠 대신 돈을 벌어야 하기 때문에 닭을 죽이는 것뿐이에요. 나도 죽는 닭이 불쌍하긴 해요. 너무 억울해요. 선생님. 전요, 소망이 있어요. 아침에 일어나면 누군가 엄마대신 닭을 죽여주었으면 해요. 그렇다면 우리는 닭을 죽이지 않아도 되니까요. 내게도 친구가 생길 테니까요." 녀석은 활자를 통해 자신의 억울한 심정을 또박또박 토해내고 있었다. 그 일기를 보고 난 뒤에도 나는 그와 친구가 되어 줄 수 없었다. 그저 친구들과 다 헤어진 골목에서 녀석을 마주하면 작은 소리로 "안녕?"이라는 맥없는 인사를 건넬 뿐이었다. 결국 귀신 어머니는 짐을 꾸렸다. 하나뿐인 외동아들이 말동무 없이 지내는 걸 알고도 외면할 수 없는 그녀는 여린 모성을 가진 어머니였다. 귀신이 떠난 귀신집은 모자가 떠난 뒤에도 계속 귀신집으로 불렸다.

국문학과를 졸업하고 직장을 찾을 때 나의 마음이 그랬다. 저임금의 출판사를 전전하며 눈이 아프게 교정 일을 보면서도 배운 도적질이 이것뿐이라는 생각에 쉽사리 직장을 옮길 엄두를 내지 못했다. 야근 수당 없이 꼬박 날밤을 세우면서도 배운 전공을 살려 일을 하는 걸 고맙게 여겼다. 허나 판매량 1위를 자랑하던 J서적의 예견된 부도와 함께 영세한 출판사들이 너나없이 휘청대기 시작했고 올곧게 인문학서를 펴내던 우리 회사도 직면한 위기를 피해가지 못했다. 결국 사장은 빚더미에 앉아 출판한 책들을 모조리 덤핑 처리하고 회사 문을 닫았다. 유연하게 상업서 쪽으로 눈길을 돌렸더라면 시련을 기회로 만들 수 있었을까, 가벼워만 가는 독자들의 입맛을 맞췄더라면 아직도 출판사를 하고 있을까, 사장 또한 배운 도적질을 포기할 수 없었을 것이다. 다달이 월세를 지불하지 못해 건물주의 잔소리가 늘어가도 사장은 양서 출판을 위해 열심히 발품을 팔았다. 사장은 자신의 신념이 회사를 살릴 수 있다고 굳게 믿었지만 그의 판단은 빗나갔다. 경영을 실패한 대표를 원망하기보다는 새로운 일자리를 찾는 것이 급선무였다. 매달 내야 하는 상환금은 제 날짜를 지키지 못하자 연체 가산금까지 붙어 나의 심정을 압박했다. 틈틈이 들어오는 대금 독촉 문자 메시지는 점차 금액이 불어나 갑갑했고, 어머니의 악화된 병세와 맞물려 의료파업이 실시되자 자금줄이 막힌 가족은 더욱 당혹스러워했다. 파업을 밀어붙인 흰 가운의 의사들은 모두 병원을 비웠다. 중환자실에는 보호자의 항의로 환자가 도통 안정을 취할 수 없어 보였고 응급실은 치료의 손길이 모자라 쩔쩔매기 일쑤였다. 현실감도 존재감도 느낄 수 없었다. 허나 당장의 불행을 이겨내야 했으므로 이력서를 들고 이 회사, 저 회사를 전전했지만 인문학 관련 이력은 동종업계가 아닌 이상 거추장스러운 발자취일 뿐이었다. 나는 여유 있게 전공 관련 자리가 날 때를 기다릴 수 없었으므로 급구 구인란을 뒤적여가며 급히 일자리를 구해야만 했다. 사장 하나, 나 하나의 출판사에 취직해서도 열심히 일했지만 급여를 체불한 사장은 어느 날, 문을 닫고 도주해 버렸다. 나를 피한 도망이 아니었으므로 그를 이해하려 했지만 노숙자로 전락한 그는 여태 서울역 쪽방촌을 전전하며 산다. 나는 뜬금없이 가끔 귀신집 모자의 안부가 궁금하다. 그녀는 아직도 토종닭을 팔고 있을까? 가끔 동창을 찾아주는 사이트에 방문해 녀석의 이름을 검색해 보지만 귀신 어머니와 함께 홀연히 자취를 감춘 그는 어느 공간에서도 모습을 드러내지 않는다. 그에게 귀신집은 지워내고 비워내고 싶은 불행한 과거일 터다.

오늘 방문한 회사를 검색해 본다. 실무진이 관리하는 듯한 홈페이지는 제법 깔끔해 회사의 신뢰도를 높이고 있다. 마주했던 회사의 분위기와는 달리 사원들이 얼굴을 마주하고 환하게 웃고 있다. 홈페이지 상으로는 진정 가족 같은 회사다. 실시간으로 공지가 올라오는 걸 확인해 보니, 면접에 불참한 사람이 셋이나 된다. 불참의 이유가 무엇일까? 아주 잠깐 의구심이 일었지만, 그들이 설령 불행한 일로 면접에 응하지 않았더라도 불참은 고마운 일이다. 면접일이 되어 급작스런 상황이 닥쳤을 때, 그네들도 오토마우스를 꿈꿨을 것이다. 그들을 제외한 최종 경쟁은 4:1 수준이라고 예년보다 높아진 경쟁률을 통해 기업의 만족도를 알 수 있다며 자화자찬하고 있다. 불참자를 제외하고도 낮지 않은 경쟁률을 확인하자 포옥 한숨이 새어 나온다. 내일 오전 중으로 합격자 여부가 개인에게 공지된다며 지원자는 연락에 착오가 없도록 해 달라고 당부해 두었다. 연락두절로 인한 문제는 회사의 책임이 아니며 그로 인한 불이익에 대한 태클은 정중히 사양한단다. 두둑한 회사의 배짱이 느껴진다. 나 또한 온라인 상에서 한껏 거만한 태도로 고가의 캐릭터를 팔아먹지 않았던가.

나는 꺼두었던 휴대전화를 꺼내 매너 모드를 해지한다. 커진 소리음이 한결 안심된다. 배터리의 충전 여부를 다시 한 번 살핀다. '기대하지 말아야지, 떨어지더라도 맘 상하지 않으려면 애당초 기대하지 말아야지.' 하며 마음을 추스르면서도 속내는 은근히 취업에 성공하길 기대하고 있다. 한 자락 희망을 걸고 있는 내 마음이 초라하다. 확률이 적은 기대에 불현듯 서글프다. 아이템은 팔지 못해도 초조하지 않다. 외양을 조금 손본다면 얼마든지 좋은 가격을 받을 수 있기 때문이다. 하지만 취업시장에서 자꾸 퇴물로 밀려나는 내 신세는 끝도 없이 불안하다. "탄피 급구! 열 상자 보유하신 분 찾습니다." 반갑지 않은 문자 메시지다. 일방적인 약속 파기에도 탱크 보이는 저자세를 취하며 아이템을 넘겨 달라고 통사정하는 문자를 전송해 두었다.

이용료를 지불하고 PC방을 나섰다. 노조의 시위가 시내를 점령하고 있다. 머리에 질끈 띠를 두르고 주먹을 꼭 쥔 노동자 무리들이 노동가를 합창하며 전경과 대치되어 있다. 예전처럼 최루탄에 코가 맵지 않아서 그나마 다행이다. 입금을 협상하는 중 문제가 생긴 모양이다. 근무 일자에 대한 협의가 부족했는지 그 또한 문제가 되어 플래카드를 그득 채웠다. 이름만 들어도 알만 한 대기업이다. 양보와 타협을 통한 노사 간의 의견조율이 필요 하다며 주동자가 우-, 하며 함성을 높이자 지지하는 우렁찬 함 성이 싱싱하게 울려 퍼진다. 자신의 마땅한 권리를 위해 외치는 것도 애사심이 없으면 할 수 없는 일이다. 둥둥 울리는 우렁찬 북소리에 맞춰 물러서지 않고 항의농성을 하는 그네들이 뜨거워 보여서 사뭇 안심된다. 나도 농성현장에 동참해 머리에 띠를 두 르고 고래고래 소리치고 싶은 마음이 인다. "일자리를 달라! 제 발 일을 시켜 달라!"

연락이 오지 않는 휴대전화를 들여다본다. 수신음을 알리는 불이 켜졌다 꺼졌다를 반복한다. 마치 깔딱깔딱 마지막 숨을 토 해내는 꼴이다. '혹, 떨어지더라도 연락 좀 주십시오. 부탁드립 니다.' 면접장을 나서면서 출구를 안내해 준 여직원에게 당당 히 알권리를 요구하지 못한 자신을 탓하는 중이다. 오토마우 스 기능이 퍽 아쉽다. 간단한 지시명령으로 발표 순간까지 조회 에, 조회를 거듭하는 오토마우스가 조급한 마음속에서 클릭 중 이다. 나는 당분간 생업으로 삼은 프리서버에 의지해 삶을 꾸려 가야 한다. 익숙한 자판기 앞에 앉아 있는 내 모습은 상상만으로도 숨이 턱 막힌다. 개 도둑은 개 낚시를, 전과자는 바늘장사를, 귀 신집 어머니는 닭을 잡으며, 나처럼 무료한 지시명령에 복종해야만 한다.

내 마음의 모래톱

＼ 내 마음의 모래톱

온통 모래가 깔린 곳에서 유년 시절을 보냈다. 아버지가 고기 잡이배를 타고 멀리 나가면, 어머니는 인근 바닷가를 돌며 굴을 까거나 소라를 캐는 일을 했다. 바닷가는 일하고 싶은 사람 모두 에게 일거리를 제공해 주었다. 늙은 할머니는 나를 돌봐 주려 애 쓰셨지만, 기력이 쇠해 까무룩 잠이 드는 날이 많았고, 나는 사 람을 구경할 수 있는 바다에 나가 앉아 있곤 했다. 반짝이는 모 래는 나의 좋은 친구가 되어 주었다. 나는 모래 위에 좁은 집이 아닌 큰 집을 그렸고, 드레스를 입은 예쁜 공주님도 그렸다. 어 린 나이지만 나는 알고 있었다. 우리 집안의 형편이 넉넉하지 않 다는 것, 힘든 일을 하는 아버지의 수입이 그다지 많지 않다는 걸 어렴풋이 알았던 것 같다. 자신의 배를 갖지 못한 아버지는 노동을 해도 차지할 수 있는 물고기가 적었고, 그나마 어획량이 좀 많아야 현금을 받을 수 있었다.

나는 어렸을 때부터 갖고 싶은 게 뭐냐고 물으면, 선뜻 대답을 하지 못했다. 갖고 싶은 것이 너무 많아서 어떤 걸 먼저 주문할지 뜸을 들여야 했다. 그때마다 할머니는 어린 것이 속이 꽉 차서 부모 사정을 알고 말을 아끼는 거라며 연신 나의 머리를 쓰다듬었고, 나는 갖고 싶은 걸 말할 기회를 잃곤 했다. 나는 섣부르게 나를 판단해 버린 할머니가 마땅치 않았지만 별다른 대꾸를 하지 못했다.

사랑을 속삭이는 젊은 남녀가 찾아오는 바닷가. 가족끼리 맛있고 싱싱한 회를 먹기 위해 찾아오기도 했고 고급 카메라를 짊어진 사진작가가 찾아오기도 했다. 그들은 새를 찍고 갈대를 찍었다. 떠오르는 태양을 찍고, 지는 해를 향해 초점을 맞추며 매우 만족스러워했다. 부자들은 돈 걱정 없이 먹고 마시며 풍경을 만끽하고는 했다. 나는 햇빛에 반사되는 예쁜 모래알을 가지고 무언가 열심히 그림을 그렸다. 그것은 나의 유일한 즐거움이기도 했다.

그날도 여느 날처럼 모래알을 가지고 놀았다. 내 이름을 썼다 지우기도 하고, 귀여운 아기 곰을 그렸다가 지웠다. 옆집에 사는 점박이 강아지를 그리기도 했다. 언젠가는 멋진 배를 탈 아버지를 생각하며 큼직한 배를 그렸다. 선주가 된 아버지는 나의 작품 안에서 늠름하고 멋졌다. 해가 질 무렵까지 신나게 놀다 집에 돌아왔는데 할머니가, 어머니가 울고 계셨다. 할머니는 곧 숨이 넘어갈 듯 꺽꺽 하며 곡을 하고 계셨고, 어머니는 그대로 바닥에 주저앉아 하염없이 우셨다. 무언가 큰일이 생겼다고 생각했다. 놀란 나는 눈을 동그랗게 뜨고 어머니 곁으로 다가가 "엄마, 울지 마…"라고 이야기했던가. 고기잡이를 나가신 아버지가 큰 파도에 휩쓸려 실종되었다는 소식이 들려왔다. 나이가 어려 실종의 의미를 잘 몰랐지만, 아버지에게 안 좋은 일이 생겼다는 걸 짐작할 수 있었다.

그 뒤 우리 집에는 해경이 들락거렸다. 부지런히 일을 찾아다니시던 어머니는 할머니와 함께 안방에 드러누우셨다. 할머니는 "얼른 내가 죽어야지, 험한 꼴 안 보고 어서 가야지."라는 마음에도 없는 소리를 하시며 하루하루 힘겨운 시간을 보냈다. 비록 돈은 많이 벌어오는 든든한 가장은 아니었지만, 아버지는 참 좋은 사람이었다. 퉁퉁 부은 어머니의 손을 보며 마음 아파했고, 장이 서는 날이면 할머니를 위해 맛있는 젤리며 사탕을 사오는 것을 잊지 않으셨다. 아버지는 늘 사분사분 할머니의 말도 잘 받아주는 자상한 사람이었다. 주머니 사정이 여의치 않아도 항상 나에게 먹고 싶은 것이 무엇인지 물어주던 분이셨다. 해경은 열심히 수색을 한다고 했고, 구조신호가 발견되지 않는다고 했다. 헬기를 동원해서 수색 작업을 하고 있다고 했고, 희망을 버리지 마시라며 할머니와 어머니를 위로해 주었다. 하지만 자식의 생사를 알 수 없는 할머니의 얼굴엔 어두운 근심만이 쌓여갈 뿐이었다.

은빛 멸치를 한 상자 받아오기도 했고, 비린내를 풀풀 풍기는 고등어 상자를 쓱 내밀기도 했다. 가끔은 현금이 담긴 돈뭉치를 건네 어머니의 마음을 푼푼하게 만들기도 했다. 그런, 아버지가 돌아오지 않는 집은 왠지 텅 비어 버린 느낌이었다. 불쑥 할머니는 잠꼬대 같이 툭 말을 뱉었다. "아가, 느그 아부지 잘못되었나 부다. 영 틀려버린 모양이야." 나는 부정하듯 고개를 저었다. 그런 모진 말을 하는 할머니가 싫고 미웠다. 아마도 할머니는 아버지의 죽음을 직감하셨던 듯하다. 그날, 아버지의 시신을 찾았다는 연락을 받았고, 어머니는 전화를 받고 실신해 버렸다. 나는 119에 전화를 하며 제발 어머니를 살려 달라고, 어서 와 달라고 청했던가. 무언가 정신없는 날의 연속이었다. 어머니마저 돌아가시면 안 된다는 생각을 하며 나는 마음을 졸였다.

어머니는 경찰서에 불려가서 시신을 확인하고 오셨다. 사흘 동안 바닷물에 둥둥 떠다니던 아버지의 시신은 퉁퉁 불어 알아볼 수 없는 상태였다고 했다. 피부는 부풀어 올라, 얼굴을 구별할 수 없었고, 이미 부패가 진행된 상태였다고 했다. 그나마 아버지가 지닌 소지품으로 신원을 확인할 수 있었다며 살이 불어터질 때까지 바닷가를 떠돈 아버지가 가엾다고 하셨다. 그 뒤 어머니는 바다에서 나고 자란 것들에 입도 대지 않았다. 바닷가에서 죽으면 물고기들이 사람 살을 뜯고 먹을 것 아니냐며 바다 음식에는 손도 대지 않으셨다.

할머니는 모아둔 돈을 탈탈 털어 용하다는 무당을 불러들였다. 아버지에게 물귀신이 붙어 있으면 저승으로도 마음 편하게 떠날 수 없다며 물에 사는 물귀신들의 특징은, 죽은 자리에 산 사람을 잡아넣어야 풀려난다는 알 수 없는 이야기만을 할 뿐이었다. 죽어버린 아버지의 안락한 저승길을 위해 할머니는 무슨 일이 든 할 셈이셨다. 무당을 불러, 아직도 바닷물에 떠 있는 아버지 의 넋을 건져 올리는 의식을 치루고 용왕신에게 예를 다해 상을 차렸다. 어린 내가 생각하기에도 용왕신이 존재한다면 밥을 얻 어먹을 자격도 없지 않은가. 이미 아버지의 목숨을 거두어간 마 당에 용왕신을 향해 상을 차리는 것 자체가 이해가 되지 않았다. 하지만 할머니는 납작 엎으려 절을 하고 손이 발이 되도록 빌며 지성을 드렸다. 참으로 답답한 노인이라 생각했다.

늙은 할머니는 그것이 가버린 자식을 편안하게 만들어 주는 일 이라 굳게 믿고 계셨다. 나는 아버지의 얼굴이 보고팠지만 쓸쓸 함과 그리움에 대해, 외로움과 서글픔에 대해 이야기하지 않았 다. 답답한 집에서 나와 모래 위에 다시 그림을 그렸다. '아버지' 라는 글자를 썼다가 다시 지웠다. 처음으로 느끼는 아버지의 빈 자리였다. 황망하게 삶을 떠난 아버지를 위해 당신이 할 수 있는 모든 것을 치룬 할머니는 삶의 의욕을 잃고 시름시름 아팠다. 자 식을 잃고 할머니 또한 쉬 그 뒤를 따라갔다. 마지막 유언으로는 화장한 후, 바닷가에 뿌려 달라고 했지만, 어머니는 당신을 선산 에 모셨다. 바다와의 절교를 선언한 듯 보였다.

나는 모래에 아버지의 얼굴을 그리고 할머니의 얼굴을 그렸다. 짭조름한 바다 내음이 코를 간질거렸다. 늘 산송장처럼 늘어져 있던 어머니가 갑자기 쌩쌩해졌다. 나를 돌볼 사람이 어머니뿐이라는 생각에 번쩍 정신이 드셨다고 말씀하셨다. 예전처럼 억척스럽게 일을 하기 시작했다. 밤낮없이 일했다. 가버린 사람들을 향한 애달픔을 잊기 위해 일에 더욱 매달리는 듯 보였다. 할머니와 아버지를 떠나 보낸 어머니를 사람들은 딱하게 생각하며 맛있는 먹거리를 나누는 이웃들이 늘어났고, 모래 위에 앉아 가족의 얼굴을 그리는 내가 안쓰러웠는지 지나는 마을 사람들은 과자나 초콜릿 따위를 사 주었다.

어머니는 바빠지셨고, 나는 혼자가 되었다. 덩그마니 홀로 있는 시간이 점점 늘어나면서 나는 모래에 그림을 그리는 시간이 늘어났다. 있는 듯 없는 듯 곁을 지켜 주었던 할머니가 그립기도 했다. 비록 잠자는 시간이 대부분이었던 할머니지만 없는 것보다는 있는 것이 훨씬 든든했다, 그림을 그렸다가 미련 없이 지우고, 또 다시 그림을 그리며 나는 빈 시간을 채워 나갔다.

그러던 어느 날, 우리 마을에서 대회가 열렸다. 대학생들이 찾아와서 모래조각 대회를 벌인 것이다. 미술을 전공하는 대학생 언니, 오빠들은 싱그럽고 멋있었다. 젊은 사람이 흔치 않은 마을에 찾아온 대학생들이 나는 반가웠다. 그들은 꼬질꼬질 지저분한 내게도 선뜻 손을 내밀어 주었다. 가까이 와서 함께 놀자고 이야기해 주었고, 얼굴을 마주 보고 활짝 웃어 주었다. 맛있는 간식을 나누어 주며 일주일 동안 머무는 내내 좋은 친구가 되어 주었다. 그들은 내가 모래 위에 그린 그림도 퍽 관심 있게 보아 주었다. 잘 그린다고 칭찬도 해 주었고, 조금 다르게 그리는 방법도 알려 주었다. 나는 내 그림을 누군가 세세하게 보고 이야기해 주는 것이 좋았고, 무엇보다 관심을 받는 것이 신이 났다. 그들은 떠나기 전에 미술의 기초를 배울 수 있는 책자를 내게 선물해 주었는데 그 뒤로 나는 공부를 열심히 해서 그들처럼 미대에 가야겠다고 생각했다.

모래로 만든 조각상은 차츰 허물어졌다. 바람에 날리며 흐트러지기 시작했고, 누군가 훼손하기도 했다. 그들의 다녀간 흔적이 차츰 사라지는 것 같아 서운한 마음이 들었다. 먹고 사는 것이 바쁜 어머니는 조각상에 별다른 관심을 보이지 않았다. 어머니께 그런 여유는 생기지 않았다. 집에 돌아오면 무성의하게 "공부했냐?"고 물으셨고 공책을 확인하거나 일기를 검사하는 것까지는 하지 못하셨다. 몸이 고된 어머니는 쓰러지듯 잠에 빠지기 일쑤였다. 어머니는 나를 위해 최선을 다하며 사셨지만, 나는 늘 외로웠다. 외로움까지 칭얼대는 것은 어머니께 너무 가혹하다는 생각에 나는 홀로 감내했다.

갈매기가 울어주지 않았다면, 파도가 매일 반겨주지 않았다면, 모래알이 친구가 되어주지 않았다면 나의 어린 시절은 더욱 위태로웠을 것이다. 나는 넓게 펼쳐진 모래를 스케치북 삼아 그림을 그렸고, 자주 그리는 그림은 조금씩 성장해 나갔다. 그러던 중 나는 모래 아트에 대해 알게 되었고, 매력을 느꼈다. 빠른 손놀림으로 그림을 그려 나가는 모습에 감탄이 절로 나왔다. 하지만 전문적으로 배우기에는 한계가 있었다. 일단을 가르침을 줄 수 있는 선생님이 인근에 계시지 않았다. 배우기 위해서는 이사를 가야 하는 상황이었다. 넓게 펼쳐진 모래로 혼자 연습하는 것은 역부족이었다. 하지만 나는 포기하지 않고 휴대전화로 영상을 찾아가며 열심히 모래 아트를 연습했다. 나의 여린 손끝에서는 무엇이든 만들 수 있었다. 내가 손에 쥘 수 없는 것들도 얼마든지 그릴 수 있었고 그림을 그리는 동안은 마음이 편안해졌다. 오로지 그림 안으로 침잠하여 젖어 들 수 있었다.

어머니는 수시로 밖에 나가 모래 아트를 연습하는 나를 못마땅해 하셨다. "공부를 하면 좋겠구나. 그런 쓸모없는 짓을 할 시간에 책을 더 보는 것이 좋겠어."라고 퉁을 주시기도 했다. 하지만 나는 어머니가 보지 않는 시간에 틈틈이 밖에 나가 모래 아트를 연습했다. 어쩌면 나는 그림을 그리는 행위를 통해 마음의 상처들을 스스로 치유하며 살았는지 모른다. 내게로 침잠하는 시간을 통해 나는 쓸쓸히 죽어간 아버지를 원망하지 않았고, 할머니를 용서했으며, 어머니에 대한 서운함도 극복하기 위해 노력했다. 그림을 그리며 나는 스스로를 사랑하는 법을 배웠다. 오로지 손끝에만 집중하며 나는 행복해지기 위해 애쓰고 버둥거렸다. 그것이 나를 극복하는 방법이었던 셈이다.

늦은 밤, 나는 밖으로 나가 집중하며 그림을 그렸다. 그림을 그리는 시간에는 혼자가 서럽지 않았다. 되려 그림 속으로 빨려 들어갈 수 있어서 더 좋았던 것도 같다. 그날도 은은한 달빛을 친구 삼아 그림을 그리고 있는데 모래를 지울 타임이 되자 누군가

가만히 다독다독 모래를 덮어 주는 것이었다. 깜짝 놀라 뒤를 돌아보니 어머니가 스르륵 내 그림을 지우고 계셨다. 그리고는 담담한 음성으로 말씀하셨다. "참, 잘 그리는구나. 제대로 배웠더라면 좋았을 것을……." 어머니는 못내 말끝을 흐리셨다.

묘한 기분이 들었다. 어머니께 내 실력을 보여드리고 싶은 적도 많았다. 하지만 이렇게 우연한 기회에 보여드리게 될 줄 몰랐다. 좀 더 그림을 잘 그렸더라면 싶은 아쉬운 마음도 생겼다. 제법 잘 그리는 그림도 있는데 그걸 그릴 걸 그랬다는 후회가 밀려왔다.

그 뒤 어머니는 낡은 우리 집을 부동산에 내놓았다. 아버지의 죽음 이후에도, 할머니가 돌아가신 후에도 어머니는 낡은 집에 머물기를 원했다. 어린 나는 집을 떠나고 싶은 생각이 들었지만 차마 이야기하지 못했다. 어쩌면 어머니는 그곳에 살면서 다시는 오지 않을 사람들을 기다리고 있는지도 몰랐다. 허름하게 낡아버린 집이지만 그곳에는 아버지와의 추억이 오롯이 담겨 있고, 할머니와의 세월이 녹아 있는 곳이다. 가난하며 힘들게 살았지만 우리는 서로를 의지하며 웃었고, 돈이 없다고 해서 불행하지 않았다. 아버지가 얻어 온 건어물을 뜯어 먹으며 씩 웃기도 했던 곳, 없는 부모가 애쓰며 아이를 키운 사랑의 시간이 깃든 장소이다. 처음에는 나도 이사를 하고 싶었다. 증발하듯 사라져 버린 가족이 원망스러워서 잊고 싶었다. 하지만 차츰 그들에 대한 기억이 힘이 되는 순간이 있었고, 어머니의 심정도 어렴풋이 이해가 갔다. 무엇보다 밖을 나가면 바로 펼쳐진 모래를 포기할 수 없었다.

　드문드문 사람들이 집을 보고 갔다. 사람들이 썩 만족해하는 것 같지는 않았다. 낡은 집은 손을 볼 곳이 많았고, 어쩔 수 없이 이곳까지 찾아온 사람이 대부분이었다. 남편의 손에 이끌려 어린아이를 등에 업고 온 젊은 새댁은 닳아버린 문턱을 보며 한숨을 쉬고 눈물을 글썽였다. 이렇게 좁고 답답한 곳에서 어떻게 아기를 키우냐고 읊조리듯 말했고, 나는 빤히 그녀의 얼굴을 들여다봤다. 머쓱해진 그녀는 애써 나의 시선을 외면했다. 나는 당당하게 말했다. "저는 지금껏 이곳에서 잘 살았어요, 넓지는 않지만, 아이가 살기에는 환경적으로 좋아요. 대자연의 품에서 크는 셈이거든요." 머리를 굴려 찾은 장점은 고작 그런 것밖에는 없었다. 하지만 자연의 너른 품만큼 분명 큰 장점은 없다. 하지만 끝내 그들은 낡은 우리집을 선택하지 않았다. 집을 내놓고 반년이 지나도 계약은 되지 않았다. 처음에는 드문드문 집을 보기 위해 찾아오던 사람들도 더는 오지 않았다.

　어머니는 무리할 정도로 일에 매달리셨고, 하루는 그림을 배울 수 있는 미술학원 수강증을 가지고 오셨다. "한번, 배워 봐. 네가 좋아하는 일이잖니?" 어머니의 힘든 삶을 보면서 한 번도 학원에 보내 달라고 조르지 못했다. 친구들이 보습 학원을 다니고, 피아노 학원을 다닐 때도 그저 부러워할 뿐이었다. 어머니의 땀방울을 지켜보면서 막무가내로 조르지 않았다. 하지만 어머니가 직접 내게 학원을 권해주신 것이다. 나는 너무 기뻐서 그날 밤 미술학원 수강증을 품에 꼭 끌어안고 잤다. 그날 밤, 달콤한 꿈을 꾸었는데 나는 아주 유명한 사람이 되어 있었다. 나의 작품을 감상하기 위해 사람들은 우르르 몰려들었고, 나는 자신 있고 당당하게 그림을 그리며 작품을 완성해 나갔다. 빙 둘러싼 사람들은 감탄을 연발하며 내게 큰 박수를 보내 주었다. 내가 그리는 나의 미래가 꿈에서 보였던 셈이다. 기분 좋은 꿈은 하루 종일 행복에 미소 짓도록 만들어 주었다.

학원 선생님은 좋은 사람이었다. 손끝의 강도를 조절하는 것을 집중해서 가르쳐 주셨고, 시간을 할애하는 방법에 대해서도 꼼꼼하게 봐 주셨다. 선생님과 공부하는 시간이 좋아서 나는 수업이 끝나도 곧바로 집에 돌아가지 않고 빈 교실에 앉아 그림을 그리곤 했다. 선생님도 그런 나를 내버려 두셨고, 시간의 여유가 생기며 틈틈이 나의 그림을 봐 주셨다. 누군가와 함께 그림을 이야기할 수 있다는 것이 벅차고 기뻤다. 어머니는 가끔 "너무 학원에 오래 있지는 말 거라. 선생님이 부담스러워하시면 어쩌냐?"라며 걱정을 하셨지만 귀한 전복을 가져다 드리기도 하고 질 좋은 멸치 세트를 선생님께 드리라며 쓱 내밀곤 하셨다. 어머니가 할 수 있는 유일한 접대였던 것이다.

그렇게 체계적으로 나는 그림 공부를 할 수 있었다. 하지만 모래 아트를 전문적으로 가르치는 곳은 아니기에 선생님은 나의 진로를 두고 고민을 하셨다. 서울에 가면 실력 있는 선생님이 계시다며 서울에 가서 배우면 좋겠다고 하셨다. 하지만 선생님도 가난한 우리 집 형편을 알고 계셨고, 이리저리 저렴하게 배울 수 있는 방법에 대해 고민하고 계신 듯싶었다.

어머니는 학원 선생님과의 상담 이후, 공연히 마음이 바빠지셨다. 그 무렵, 우리 마을은 도시조성 사업으로 선정되어 사라질 위기에 처해 있었다. 어머니는 담담했다. 이사를 가는 것과는 다른 것이었다. 영영 집이 허물어지는 것이니, 이제 가슴에서만 집을 기억하게 되는 셈이다. 하지만 어머니는 의외로 담담했다. 이사를 가기로 마음먹은 순간부터 집에 대한 정을 떼어 버렸다고 하시며 당신의 서운한 마음을 애써 감추셨다. 하지만 나는 알고 있었다. 어머니가 그 집에 대해 얼마나 큰 애정을 가지고 있는지 모르지 않았다. 그래도 당신의 정직한 힘으로 나를 키워내신 곳이었다. 아버지가 가고 난 후, 어머니는 스스로 하나 남은 자식을 잘 키우겠노라고 다짐하셨다. 위기의 순간, 살고 싶은 마음이 없었던 어머니는 그래도 남은 생명인 나를 보며 일어서셨을 것이다. 어머니에게 낡은 우리 집은 신앙과도 같은 공간이었다.

집은 허물기로 결정이 되었고, 우리는 보상받은 돈으로 서울로 이사 가는 것을 택했다. 오로지 나를 위한 선택이었다. 그림에 재능이 있다는 선생님의 추천은 어머니의 마음을 흔들었고, 평생 힘들게 고생하며 사신 어머니는 내게 말씀하셨다. "좋아하는 일을 원 없이 하면서 살아보렴. 그것만큼 좋은 것은 없단다." 배움이 없어 늘 허드렛일을 하며 막노동을 일삼았던 어머니는 당신의 자식만은 행복한 삶을 살길 원하셨다. 우리는 서울로 이사해서 시골집보다 더 좋은 집에서 살게 되었다. 어머니는 새벽부터 빌딩을 청소하며 사셨다. 모래톱이 그리워지는 날도 많았다. 서울에 오니 말씨부터가 달랐고 소심한 성격의 나는 친구들과도 잘 어울리지 못했다. 하지만 촌스러운 외모답지 않게 제법 그림을 잘 그리는 내게 친구들은 관심을 보여 주었다. 오로지 출중한 실력 하나로 서울 친구들의 이목을 끌었다.

어머니도 부산을 그리워하셨다. 함께 조개를 따던 아주머니들의 안부를 궁금해 하셨고, 파출부 일을 다니시며 약아 빠진 서울 사람들에 대해 말씀하셨다. 하지만 다시 돌아가지는 말자고, 꼭 성공해서 가자고 이야기하셨다. 어머니는 나를 뒷바라지하기 위해 애쓰고 노력하셨다. 미술학원도 정해진 시간 외에는 있을 수 없었다. 그나마 예전 선생님이 나를 특별히 부탁하셔서 좀 더 관심을 보여 주셨다. 나는 더욱 열심히 하는 수밖에 도리가 없었다. 문을 열고 나가면 펼쳐지던 모래는 서울에서는 찾아볼 수도 없었다. 하지만 인위적으로 만든 모래 스케치북이 마련되어 있었다. 편리하고 썩 유용한 제품임이 분명했지만 자연 속에서 그림을 그릴 때와는 확실히 달랐다.

파란 하늘이 펼쳐진 곳에서 바다 내음을 맡으며 그림을 그리던 내 모습이 아련히 떠올랐다. 부산을 떠나면서 아쉬운 마음도 들었지만 나는 기뻤다. 기쁜 마음을 감출 수가 없었다. 다시는 돌아오고 싶지 않은 곳이었다. 너무 일찍 떠나버린 아버지도, 할머니도 미웠고, 늘 나를 바닷가에 내버려 둔 어머니도 서운하긴 마찬가지였다. 나는 서울에 가서 좀 더 좋은 환경에서 공부하고 싶었다. 내 그림을 좀 더 인정해주는 선생님을 찾고 싶었고, 되도록 입시까지 책임져 줄 수 있는 스승이 있는 곳에서 공부하고 싶었다. 부산보다는 서울을 좋아하는 것이 너무도 당연하다고 생각했다.

지긋지긋한 가난의 퀴퀴한 냄새가 머무는 곳, 생선 비린내가 가시지 않았던 집, 지문마저 닳아버린 어머니의 깊은 한숨이 내 고향 마을에 남아 있다. 애석한 아버지의 죽음과 할머니의 서러움 가득한 생이 웅크리고 있는 곳, 외로움에 슬퍼하는 어린 자아가 남아 있는 곳이었다. 하지만 서울에 온 나는 시골을 그리워하고 있었다. 모래 위에 고향 마을을 그리고 있는 것이었다. 촌마을의 지붕을 그리고, 바닷가의 풍경을 손끝으로 수놓고 있었다. 낡은 배를 그리고 어촌마을의 고즈넉함을 작품에 담아냈다. 떠나고 나니 그리웠다. 자꾸만 고향 마을의 안부를 궁금해 하고 있는 나를 발견했다. 모래톱을 추억하며 나는 쓸쓸했다.

뒤늦게 나는 깨달은 것이다. 나를 키워낸 것은 바닷가 바람이라는 것을, 나의 상처를 씻어준 것은 순박한 시골의 인심이었다는 것을 알게 된 것이다. 바닷가에서 나고 키운 것들로 어머니는 나를 키웠고 혹독한 가난이었지만 우리는 그것을 이겨내는 과정에서 좋은 친구가 되었다는 것을 알게 되었다. 어머니는 빌딩을 청소하며 힘들어하셨다. 마음을 나누며 이야기할 친구도 없고, 푸르른 자연을 떠나니 마음이 우울하신 것 같았다. 어머니는 바닷가 사람들의 일상이 매우 평화로웠다며 넋두리하시듯 말씀하셨다.

나는 조심스럽게 어머니께 말씀드렸다. "우리 다시 부산으로 돌아갈까?" 어머니는 눈을 동그랗게 뜨고 물으셨다. "여기까지 올 때는 마음을 굳게 먹고 온 건데, 그런 소리 마라. 어떻게든 버티고 살아야지. 서울 사는 걸 만만히 보고 오지 않았어." 어머니의 음성은 단호했다. 나의 미래를 위한 선택임을 알고 있기에 더는 말씀드리지 않았다.

나는 작품에 매달렸다. 어머니를 위한 유일한 길이었기에 게으름 피우지 않았다. 나는 늘 노력하는 모습으로 어머니의 수고에 보답하기 위해 애썼다. 어느덧 고루한 서울살이에 익숙해져 갔고, 나는 입시생이 되어 있었다. 수시 전형에 원서를 넣었다. 실기반영 비율이 큰 학교에 지원했다. 시골에서 살았더라면 농어촌 특별전형을 쓸 수 있었겠지만, 주소지가 옮겨진 탓에 쓸 수 없는 전형이 되었다. 서울 아이들의 수학능력 성적을 따라가기에는 무리가 있었다. 하지만 바지런히 실기 준비를 한 나는 자신 있었다. 떨지 않고 실력만 제대로 발휘한다면 얼마든지 합격 가능하다고 믿었다. 스스로를 굳게 신뢰해야 하는 시간이었다.

나는 시험 당일 청심환까지 먹어가며 시험에 임했고, 결과는 합격이었다. 합격 통지서를 받고 나는 한달음에 어머니가 일하는 빌딩으로 달려갔다. 머릿수건을 두른 어머니는 지쳤는지 계단에 주저앉아 계셨다. 잠시 숨을 고르고 계신 듯 보였다. 나는 어머니를 크게 불렀다. 나는 합격 통지서를 말없이 흔들었다. 어머니와 나는 기쁨에 부둥켜안았다. 어머니는 열심히 공부해 준 내가 고맙다고 하셨고, 나는 열심히 뒷바라지 해준 어머니가 감사하다고 고백했다.

어머니는 부산에 가자고 말씀하셨다. 좋은 소식이니 아버지와 할머니께 알려 주어야 한다는 것이었다. 어머니 마음의 뿌리는 그대로 부산에 머무셨던 것이다. 나는 말 없이 고개를 끄덕였다. 어머니의 일이 끝나고 우리는 기차표를 끊기 위해 서울역을 찾았다. 분주하게 움직이는 많은 사람들, 자신의 고향을 찾기도 하고 일을 보기 위해 출장을 가기도 한다. 여행을 위해 짐을 꾸려 나온 사람들도 있고 잠이 부족한 직장인들은 수면안대를 끼고 대기실에 앉아 있다. 복잡한 서울의 풍경이다.

어머니의 팔짱을 끼고 기차를 타기 위해 걸어간다. 주머니에는 합격증을 출력해 잘 넣어 두었다. 아버지와 할머니가 보시면 얼마나 기뻐하실까. 모래 바닥에 주저앉아 그림을 끼적거리던 내게 이렇게 당당히 미대생이 되어 고향을 찾는 것이다. 마음이 뿌듯했다. 번듯하게 자식을 길러낸 어머니의 양어깨에도 힘이 잔뜩 들어가 있었다. 고향 마을에 간다 한들, 우리가 원하는 풍경은 이미 사라지고 없을 것이다. 개발을 위해 허문 집들은 적막한 풍경을 자아낼지도 모른다. 하지만 우리는 힘차게 고향 마을을 찾는다. 고향을 향하는 마음은 첫사랑과 조우하는 것처럼 두근댔다.

우리는 마을에 도착했다. 이미 변해버린 모습은 정겨움이 사라지고 없었다. 이웃들도 살길을 찾아 뿔뿔이 흩어졌고, 번듯한 아파트가 주변 곳곳에 들어섰다. 하지만 끝없이 펼쳐진 모래는 그대로였다. 바다는 여느 때와 같은 모습으로 우리 모녀를 반겨 주었다. 밀물과 썰물이 변함없이 나의 친구가 되어 주었고, 마중과 배웅을 일삼는 우리의 생을 오롯이 대변하며 어머니와 내게 안부를 물었다.

시원한 바닷가의 바람이 불어오자 마음도 시원해지는 것 같았다. 가슴을 펴고 맑은 공기를 천천히 깊이 들이마셨다. 서울을 떠나 맛볼 수 있는 자연의 아름다움이었다. 인공적으로 꾸민 아름다움이 다닌 스스럼없는 아름다움, 자연의 민낯 그대로 느껴지는 어여쁨이었다. 어머니와 내가 그리워했던 그것임이 분명했다.

어머니는 바닷가를 향해 외치셨다. "여보, 보이세요. 우리 딸이 이렇게 멋지게 자랐어요! 어머니 지금 보고 계시지요? 우리가 잘 살 수 있게 하늘에서 지켜봐 주세요. 우리들 잘살고 있지요? 잘 있다가 나 가거든 다 함께 만납시다. 그동안 잘 지내고들 계셔요!" 어머니의 목청이 그렇게 클 수 있다는 걸 나는 처음 알았다. 어머니의 목소리에는 여느 때와는 달리 힘이 실려 있었다.

아버지와 할머니는 어머니의 절절한 이야기를 들으셨을까? 나는 가만히 어머니 옆에 앉아 그림을 그렸다. 아버지의 둥글고 인자한 얼굴을 그렸고, 할머니와의 추억을 끄집어내 그림을 그렸다. 아버지의 얼굴과 할머니의 얼굴을 지우고 다시 옛날 집을 그려 넣었다. 어머니는 곁에서 말없이 나의 작품을 감상하고 계셨다. 어린아이가 그림을 그리고 있는 나의 외로웠던 모습을 그리고 스윽 지웠다. 이젠 떠나고 없는 이웃들의 다정한 모습도 그려 넣었고, 우리 마을을 찾아와 주었던 대학생들의 모습도 그려 넣었다. 다시 지우고 미술학원 선생님의 얼굴도 그렸고, 새로이 들어선 아파트 가득한 마을의 풍경도 그려 넣었다. 하나, 둘 그리고 지우기를 반복하면서 나는 나의 일생을 처음으로 그리고 있다는 생각이 들었다. 가슴으로 찍은 마음의 풍경 속에서 나는 나이 들고 철들어 갔다. 그렇게 세월이 덧입혀지며 작품 안에 진정성이 꿈틀거릴 수 있었다.

자연은 외로움 속에서 자란 아이에게 좋은 친구가 되어 주었다. 무한하게 구할 수 있는 모래알들은 나의 정다운 벗이 되어 주었다. 그림을 그리는 시간이 없었더라면 나의 인생은 더욱 적막했을 것이다. 사랑과 보살핌이 필요한 순간에 자연은 넉넉한 품으로 나를 감싸고 위로해 주었다. 바쁜 어머니를 대신해 어머니가 되어 주었다. 상처받은 나의 마음을 기꺼이 치유해 주었던 셈이다. 이제야 나를 키워낸 자연의 힘이 무엇보다 위대했다는 것을 새삼 깨닫는다. 자연의 조건 없는 사랑이 나를 순수한 마음으로 끊임없이 회귀할 수 있도록 이끌어 주었던 것이다.

우리는 언제 다시 고향 마을을 찾을지 기약이 없다. 서울에서 바쁘게 살아야만 학기마다 등록이 가능할 것이고, 나는 어머니의 수고를 덜어 드리기 위해 장학금을 받는 것을 목표로 성실하게 학교생활을 해야 한다. 어머니는 묵묵히 빌딩 숲으로 걸어 들어가 수고를 아끼지 않아야만 우리들의 서울살이가 가능할 것이다. 나도 이제는 아르바이트 자리를 찾아 용돈 벌이라도 해야 한다. 하지만 어머니와 나는 열심히 살 수 있는 이유가 생겼다. 언제나 변치 않는 얼굴로 우리를 반겨줄 모래톱이 건재하지 않은가. 그것은 우리에게 또 다른 삶의 이유가 되어 마음을 훈훈하게 덥혀 줄 것이다.

아픈 시절을 돌아보고 싶지 않았다. 부산을 떠나면 지긋지긋한 가난이 도사렸던 이곳을 뒤도 돌아보지 않고 떠날 수 있으리라 생각했지만, 지난 세월은 삶의 또 다른 에너지였다. 사랑하는 사람을 잃고 아파하며 보낸 시간이 삶을 더욱 단단하게 이끌어 주었다. 나는 모래 아트를 하면서 나를 사랑하는 방법을 배워나갔다. 자연이 내게 허락한 실로 값지고 귀한 선물이다.

모래 아트는 정말 매력적이다. 그리고 지우기를 반복하면서 이야기 스토리를 만들어 간다. 오로지 그림으로만 사연을 전한다. 예쁘게 변신하는 그림은 많은 사람들의 탄성을 자아낸다. 너무 어렵지 않은 선으로 그림을 정확하게 표현하는 것이 포인트이다. 그림을 그리는 동안 집중해야 하고 관객도 나의 그림에 집중하며 손끝에서 펼쳐지는 시간에 기대감을 감추지 않는다. 그 기대감이 서린 눈빛은 나를 더 조심스럽게 그리는 예술가로 만들어 준다. 글로 전하지 않아도 오직 그림으로만 이야기를 전달한다. 그래서 보는 사람의 관점에 따라 새로이 많이 이야기들이 재탄생한다. 하나도 정하지 않은 이야기는 열린 상상이 가능하도록 만드는 매우 창의적인 작품세계이다.

나의 바다와 어머니의 바다는 같지 않다. 어머니의 바다에는 남편의 무한한 사랑이 담겨 있을 것이고, 효도를 다하지 못한 할머니에 대한 아쉬움이 담겼는지 모른다. 기꺼운 짐을 짊어지고 뚜벅뚜벅 걸어가는 당신의 모습이 남았을 수도 있고, 자식을 위해 희생했던 시간이 아프게 각인되었을 수도 있다. 하지만 어머니의 바다는 당신에게 힘을 주었던 헌신의 바다임이 분명하다. 나의 바다는 꿈의 바다이다. 그래도 나의 장래를 찾았고 미래를 계획할 수 있었으며 좋은 스승이 함께 한 바다였다. 그림을 그리고 싶은 여러 풍경을 제공해 주었던 아름다운 바다, 쓰라리고 아픈 기억이지만 미술을 통해 치유하며 한 뼘 자랐던 성숙의 바다이다. 우리는 모두 각기 다른 바다를 마음에 품고 산다. 모래 조각을 세우며 즐거웠던 대학생들에게 바다는 자신의 작품을 뽐냈던 바다로 기억되리라.

나의 아버지에게 바다는 삶의 터전이었다. 가족을 위해 희생해야 하는 장소였을 것이다. 험난한 바다로 배를 띄우면서도 늘 씩씩해야 했고 용감해야만 했다. 먹여살릴 가족이 존재했기 때문이다. 나의 조모에게 바다는 아픔일 것이다. 하나뿐인 사랑하는 아들을 집어 삼킨 바다, 잔인한 바다를 향해 다시금 조모는 고개를 숙이며 용왕님을 향해 자비를 요청하지 않았던가. 조모에게 바다는 통곡의 바다일 터다.

어머니와 내가 다시 찾을 바다에서 나는 어떤 모습을 그릴 수 있을까. 행복이 가득한 어머니와 나의 모습을 모래 아트에 담고 싶다. 어머니의 세세한 주름조차 아름답게 형상화할 수 있으면 좋겠다. 나는 이제 진정한 예술가가 되기 위해 노력할 것이다. 나의 작품을 감상하는 많은 사람들에게 진짜 아름다운 내면을 조명하게 만들어 주는 예술인이 되고 싶다. 가난한 형편에서도 미술을 공부하고자 했던 나를 외면하지 않았던 어머니, 그런 결단을 하기까지 얼마나 힘이 드셨을까. 훗날 모래 아트의 전문가가 되면 나는 고향에 돌아가서 활동을 하고 싶다. 부산이야말로 모래 아트를 하기에 좋은 조건을 가지고 있으니까. 후학을 양성하는 일에도 힘을 보태고 싶다. 보드라운 모래로 자신의 꿈을 마음껏 그려 나갈 수 있도록 적극적으로 돕는 사람이 되고 싶다. 인재들이 자신의 고향을 떠나서 활동하기보다 본향에서 더 많은 일을 할 수 있도록 기회와 여건을 만들어 주고 싶은 원대한 포부가 있다.

나는 다시 정결한 마음으로 모래 앞에 앉는다. 쓱쓱 그려지는 나를 담아낸 그림들, 손끝의 세밀한 촉감까지 모두 살려 그려지는 소중한 작품들, 오늘의 주제는 미역을 감는 사람들이다. 초록 미역을 따던 어머니의 모습을 주인공 삼아 그림을 그린다. 나의 얼굴에는 환한 웃음이 가득하다. 나는 그림을 그리면서 다음에 작업할 것을 미리 구상하는 버릇이 있다. 다음번에는 갖가지 선물에 둘러싸인 행복에 겨운 어린아이를 그려 볼 셈이다. 어린 시절, 우물쭈물하는 사이 받고 싶은 선물도 이야기하지 못했던 내가 모래 화폭 속에서 새롭게 태어나는 시간이다. 이렇듯 나는 작품을 통해 끊임없이 과거를 불러들여 서서히 치유하며 살고 있다. 예술가의 멋진 생이 나를 기다리고 있다.

서로 다른, 몰랐던 마음들

서로 다른, 몰랐던 마음들

1. 여자의 마음

당신을 피해 숨어든 곳이 우리의 추억이 서려 있는 곳이라는 건 정말 모순이지. 어쩌면 나는 당신으로부터 멀리 도망치고 싶으면서도, 내심 나를 찾아와 주길 기다리고 있는 것은 아닐까. 가끔 생각해. 사랑을 하면서도 헤어짐을 택한 내 마음도 그랬지. 내 진짜 마음이 어떤 건지 실은 잘 모르겠어. 마음처럼 되는 건 없다는 생각에 점점 진심을 들여다보는 일에 일부러 무뎌진 채 살았지. 우리는 수목원을 걸으며 소박한 데이트를 즐겼고, 주머니 사정이 넉넉할 때는 유명한 한정식집을 찾기도 했어. 잔뜩 줄지어 늘어진 반찬을 보며 소박한 즐거움을 느꼈잖아. 맛집 투어를 다니면서 소소한 행복을 느끼기도 했어.

상고를 졸업하고 은행원이 된 나는 직업에 대해 나름의 자부심도 있었지만, 대학 이야기가 나오면 괜히 기가 죽고는 했지. 당신은 나와는 다른 선택을 했지. 어려운 여건에서도 대학공부를 했고, 진학에 성공했고 그 덕에 더 큰 세상으로 나갈 기회를 잡을 수 있었어. 대기업에 입사한 당신은 생각보다 많이 바빠졌어. 일주일에 세 번은 만나던 우리의 만남은 두 번으로 줄었고, 그조차도 뜸해지면서 일주일에 한 번도 보기 힘들어질 때, 어쩌면 나는 우리의 헤어짐을 예상하고 있었는지도 몰라. 당신과 나의 차이를 나 스스로가 인정하면서 공연히 초라함을 느꼈던 거야. 이제는 당신을 놓아줄 때라고 생각했던 것 같아.

약속을 정하지 않고 무작정 당신의 회사 앞으로 찾아갔을 때, 당신과 마주 보며 환하게 웃던 여자, 당신은 그녀의 허리를 꼭 끌어안고 조심조심 발맞추어 걷고 있었지. 황망한 마음은 뒤로 하고 그 순간, 나는 무척 슬펐던 것 같아. 연애에서의 패배를 바로 인정해 버렸던 거야. 나와 비교도 되지 않을 만큼 예뻤고, 얼핏 보아도 훨씬 어려 보였으며 무엇보다도 그녀는 참 푸릇푸릇 싱그러웠어. 상대방을 활짝 웃게 만들 만큼 생생하고 건강한 미소를 가진 그녀 앞에서 나는 바로 주눅이 들어버렸던 것 같아. 당신에게 전화도 걸지 않고 무작정 찾아간 나 자신을 책망했지. 나는 너무 일찍 철이 들어버린 과묵하고 심심한 여자였지. 잘 웃을 줄도 모르고 알뜰하기보다는 궁상에 가까웠잖아. 그럴 수밖에 없었어. 살아오는 과정이 녹록치는 않았으니까. 견디듯 살아내는 삶에서 마음 편히 웃을 날이 많지는 않았거든. 얼굴의 그늘은 숨길 수 있는 것이 아니더라고.

당신도 기억하겠지만 우리 집은 포천에서 오래 살았잖아. 포천은 나의 정든 고향이기도 하지만 실은 아이러니하게도 가장 벗어나고 싶은 곳이기도 해. 포천은 갈비가 유명한 고장이지. 나의 아버지는 고기 정형을 하던 사람이었어. 초승달처럼 휘어진 날카로운 칼로 고기를 부위별로 정리하는 직업은 꽤 많은 돈을 만질 수 있게 만들어 주었지. 갈빗살, 토시살, 넥타이살, 꽃등심…, 아버지의 칼날을 따라 음식의 용도에 걸맞게 살결이 나뉘는 건 예술에 가까웠어. 아버지의 칼을 쓰는 모습은 현란했고, 고기를 해체하는 진귀한 장면을 사람들은 바삐 카메라에 담기도 했어. 물론, 번쩍이는 칼을 거침없이 내젓는 아버지를 손가락질하는 사람들도 있었어. 마을 어르신들은 내가 지나가면 '백정놈 여식'이라며 수군수군 뒷말을 하곤 하셨거든.

나는 그 말이 안 좋은 말이라는 걸 모르지 않았지만, 아버지께 한 번도 이른 적은 없어. 그 말이 얼마나 가슴 아픈 말인지 외할머니가 알려 주셨거든. 외할머니는 툭하면 어머니께 말했어. "백정짓 그만해야지. 오래 하면 못 쓴다." 그때마다 어머니는 작은 소리로 읊조리듯 대답했어. "배운 도둑질이 그것뿐인데, 그럼 뭘로 벌어 먹고 산단 말이에요?" 고장 난 테이프처럼 외할머니와 엄마의 대화는 반복되곤 했었거든. 외할머니는 칼을 쥐는 일을 오래하면 못 쓴다며 자꾸 엄마에게 듣기 싫은 소리를 하셨어.

날이 갈수록 포천의 질 좋은 갈비는 유명세를 떨치게 되었고, 아버지가 해야 할 일도 늘어났지. 중학생인 나는 어쩌면 상업고등학교에 진학하지 않아도 될 것 같았고, 잘하면 나도 대학이라는 곳에 갈 수 있을 거라고 생각했어. 너무도 조심스러운 꿈이라 차마 입 밖으로 내지는 않았지. 집안의 형편을 살피며 나는 살짝 들뜨기도 했던 것 같아. 이대로 아버지께서 멋지게 칼을 휘둘러주길 바랐어. 칼을 쥐는 일이면 어때. 그 번쩍이는 칼이 내 앞길을 환히 열어준다면 얼마든지 쓱쓱 싹싹 칼질을 해도 좋았지. 이웃 사람들의 뒷말은 얼마든지 참을 수 있는 것이었지.

아버지는 술에 취해 오시는 날이 많았어. 맛있는 살코기를 쓰윽- 잘 발라내면 소주 한 잔 주는 게 인정이라며 식당 주인들은 자꾸만 아버지께 술을 권했어. 손님들도 마찬가지였지. 훌륭한 기술을 가진 아버지를 위해 말간 소주 한 잔 권하는 것을 잊지 않던 시절이었어. 어머니는 역한 소주 냄새를 풍기며 집으로 돌아오는 아버지께 잔소리하시는 날이 많아졌지. 돈을 잘 벌어다 주는 아버지가 고맙기도 했지만, 어머니는 삶의 재미를 원하셨을 거야. 늘 술에 취해 쓰러지듯 잠을 자는 아버지를 보면서 어머니는 많이 외로우셨을 거야. 살림살이는 좀 나아졌지만. 어머니는 한숨 쉬시는 날이 많아졌어. 어쩔 수 없이 술을 마신다는 사실을 어머니는 모르지 않았고, 아마도 그것이 속상해서 아버지는 자주 다그치셨던 것 같아. "술 좀 그만 드세요, 그러다가 정말 병나요. 몸 아파 봐요, 당신만 손해야. 자기 몸은 스스로 관리할 줄 알아야 한다고요."

"입에서 살살 녹는다, 좀 먹어 봐." 당신은 막 도축한 소고기의 붉은 살을 집어 내게 권했지만 난 차마 먹지 못했었지. 아버지가 날카로운 보닝 나이프에 손이 잘려 영구적인 장애를 안게 되면서 나는 차마 고기를 목구멍으로 넘길 수가 없었거든. 아버지가 일하시는 갈빗집 앞을 지날 때면 맛있게 익는 고기 냄새에 코를 벌름거리던 내가 고기를 차마 먹을 수 없게 된 거야. 아버지의 아픔을 질근질근 씹을 수는 없었어. 고기가 익는 고소한 냄새도 역하게 느껴지더라고.

초승달 모양의 번뜩이는 칼날을 보며 미래를 꿈꾸기도 했던 나는, 아버지의 사고 이후 상업계로 진학의 결심을 굳혀야 했지. 대학 진학의 꿈도 한순간에 물거품이 되었지만 감내해야 할 슬픔이었어. 짧은 배움에 고기 정형사로 일하던 아버지는 졸지에 실업자가 되었고, 팔이 잘려나간 배움 없는 가장은 딱히 할 수 있는 일이 없었거든. 외할머니는 백정짓을 오래 해서 벌을 받는 거라고 모진 말을 툭툭 뱉어내곤 했어. 내게는 인자하기만 한 할머니가 유독 아버지에게는 쌀쌀맞으셨지.

실상 아버지는 도축을 담당한 적이 없음에도 불구하고 소백정이 되어 있었던 거야. 팔이 잘린 아버지는 어머니가 마련해 온 의수를 내팽개쳐 버렸어. 형편없이 조각난 싸구려 의수는 처참했어. 아버지의 손이 잘렸다는 소식을 들을 때보다 그리 슬프지 않았어. 왠지 아버지의 마지막 손이라는 생각이 들었고 이내 먹

먹한 아픔이 느껴졌던 거야.

얼마나 지났을까. 이리저리 부서져 가짜 티가 팍팍 나는 의수를 가만가만 쓰다듬던 아버지를 기억해. 촌스러운 살굿빛 의수를 한 손으로 매만지며 아버지는 어떤 생각을 하셨을까? 가난한 어머니가 선물한 망가진 의수는 착용하지 않은 채 제 빛깔을 잃어버렸지만, 그날의 처연한 상황은 내 마음에 남아 지금도 연한 살굿빛으로 은은히 빛나고 있지. 살구색은 그래서 내겐 참 처연하고 아픈 색깔이야. 아버지의 아픔을 대변하는 색, 어머니의 가슴에 생채기를 냈던 색으로 기억되거든.

그 후 어머니는 악착같이 사셨어. 억척 어멈으로 거듭나신 거야. 갈빗집으로 명성을 떨치던 가게에 부지런히 서빙 일을 하시며 가족의 생계를 책임지기 위해 노력하셨지. 빨갛게 달궈진 무거운 숯불을 번쩍번쩍 나르고, 새까맣게 양념이 말라붙은 판을 억척스럽게 헹궈내며 열심히 앞만 보고 달리셨지. 집에서 시간을 죽이고 있는 아버지가 가여웠던지 식당에서 남은 고기를 몰래 챙겨 두었다가 집으로 가져오시기도 했지만, 아버지의 우울증은 더욱 깊어질 뿐이었어. 고기는 한 점도 입에 대지 않았어. 자신의 의지와는 상관없이 졸지에 백수가 되어 버린 아버지, 식당 사장과 손님들이 주는 술을 넙죽넙죽 받아 마셨던 자신의 행동을 깊게 후회한들 달라지는 것은 없었지. 아버지는 늘 술에 취한 몽롱한 상태로 낮과 밤을 사셨어. 마을 어르신들은 소백정에게 소귀신이 붙어 불행한 일을 당했다고 쉬쉬 손가락질하기도 했어.

그러던 어느 날, 참으로 기가 막히게도 환상통을 호소하시게 된 거야. 느닷없이 이미 절단되고 없는, 오른팔의 통증을 호소하기 시작한 거야. 뾰족한 바늘로 팔을 콕콕 찌르듯이 따끔거린다고 말했고, 팔이 저려 죽겠다며 좀 주물러 달라고 청했고, 가끔은 간지러워 참을 수가 없다며 퍽퍽 긁어달라고 말씀하셨지. 아버지의 눈에는 자신의 잘려나간 오른팔이 보이지 않는지, 자꾸만 나를 불러 오른팔에서 날 것 같은 감각을 호소했어. 나는 그런 아버지가 가엾다기보다는 무서웠고 징글맞아서 이런저런 핑계를 대며 집에 늦게 들어왔지. "오늘은 은행에 일이 많아요, 마감하고 나서도 전표를 정리해야 해서 많이 늦을 것 같아요, 부장님이 야근을 지시하셔서 오래 걸릴 거에요, 오늘은 부서별로 회식이 있는 날이니까 저를 기다리지 마시고 먼저 식사하세요." 하며 최대한 늦게 집에 들어가 아버지와 마주하지 않는 것이 나의 목표인 듯 퇴근 때가 되면 어떤 핑계를 댈까 궁리하기에 바빴어. 잘려나간 팔을 주무르는 연극은 생각보다 하기 어려운 것이었거든. 팔을 주무르는 척하면 시원한 듯 만족스러운 표정을 짓는 아버지가 너무너무 무서웠어. 공포영화에 등장하는 괴기스러운 생물체처럼 생각되기도 했으니까.

어쩌면 어머니도 나와 같은 마음이었을 거야. 지친 몸을 쉬고 싶은 집은 이미 안락한 공간이 아니었거든. 어머니도 야근을 핑계로 집에 늦게 들어오기 시작했어. 영업을 마치고 가게 청소까지 하고 나면 좀 더 돈을 쥐어 주겠다는 사장의 말에 어머니는 뒷정리까지 담당하게 된 거였어. 혼자 환상통에 시달리던 아버지는 귀가가 늦어지는 어머니를 의심하기 시작한 거야. 어디서 무슨 짓을 하다 오냐며, 파김치가 되어 돌아오는 어머니를 향해 거친 말을 쏟아 놓았고 자신의 잘려나간 팔을 주무르라며 잠도 자지 못하게 했어. 이미 잘려나간 오른팔을 주무르는 시늉을 하며 어머니는 꾸벅꾸벅 졸고 있었지. 언제부턴가 무능한 아버지도 싫고, 어머니도 미워졌어. 부모님의 사정을 이해하지 못하는 건 아니었지만, 이해가 되는 것과 사랑을 하는 건 참 다른 마음이더라. 어머니를 생각해서라도 이런 마음을 먹으면 안 되는 건데, 나는 자꾸 집 밖에서 편안함을 찾게 되었어.

그런 못난 마음 때문에 나는 당신을 떠나기로 마음먹은 거야. 내 순수한 사랑이 구차해지고 싶지 않았어. 당신은 내가 이별을 말하기 전에는 나와 헤어지지 못했겠지. 그건 나를 사랑해서라기보다는 당신의 책임감과 당신 곁에서 어느덧 나이 들어 버린 나에 대한 배려일 거야. 결혼 적령기를 함께 보낸 사람에 대한 미안함 같은 거 말이야. 내 곁에서 나이 들고 늙어가면서 당신은 싱그러운 여자를 문득문득 떠올리며 서글펐을 거야. 놓쳐버린 사랑이 아쉬울 때마다 당신은 나를 원망했을지도 모르지. 고생이란 건 해보지 않았을 듯한 얼굴, 편안하고 맑은 인상, 동그랗고 넓은 이마는 반질반질 윤이 나더라. 당신은 홀로 즐거운 시간이 늘어났고, 나와 함께 있으면서도 이동전화를 들여다보며 누군가를 기다리고 있는 듯했어. 비밀번호를 걸어두지 않았던 당신은 패턴을 걸어 잠금장치를 설정해 두었고, 회사에서 야근이 있다며 나와 약속을 잡지 않으려 노력했지. 어쩌면 당신은 내가 생각했던 것보다 나쁜 사람인지도 몰라. 끝내 당신 입으로 이별을 말하지는 않았으니까. 나 스스로 헤어짐을 이야기하도록 만들었을 뿐, 작별인사는 결국 내 몫으로 남겨 두었잖아. 헤어짐을 이야기하던 순간, 당신은 최대한 표정을 숨기기 위해 노력했지만, 당신의 표정에 드러난 안도감을 나는 모르지 않았어. 더는 새로운 사랑 앞에서 비겁할 이유가 없어진 당신은 아마도 엄청 홀가분한 마음이 들었겠지.

3년의 사랑은 그렇게 끝이 났고, 결혼을 이야기하던 우리가 헤어짐을 이렇게 담담히 말한다는 게 너무 놀라울 뿐이지. 당신은 후회하지 않을 자신이 있나고, 드라마의 남자 주인공인 양 물었지만 나는 아무 대답도 할 수가 없었어. 두고두고 후회한다고 한들 그건 이제 내 몫의 아픔인 거니까, 구태여 당신에게 답할 이유도 없었던 거지. 좀 더 야무지게 말하고 싶기도 했어. 당신이나 후회하지 말라고. 톡 쏘아 주고 싶은 마음이 왜 없었겠어.

아무렇지도 않은 척 살고 싶었는데 그렇게 되지 않더라. 당신과의 추억이 서린 곳곳이 눈에 띄어서 눈물 나는 날이 많았고, 실패해 버린 사랑이 쓰리고 아파서 나는 오래 방황했어. 목숨처럼 여기던 직장에도 사표를 냈고, 혼자 여행을 다녀오기도 했지. 가벼운 마음으로 나를 떠난 당신은 활발하게 SNS 활동을 하며 나름 즐거워 보였어. 간간이 둘이 동행하는 사진을 올리더니 꼭 반년 만에 둘의 결혼 소식을 눈에 띄게 공지해 두었어. 멋진 양복을 차려입은 당신의 사진 아래로는 축하의 마음을 전하는 댓글들이 달려 있었어. 그렇게 우리의 사랑은 보기 좋게 막을 내린 거야. 긴 휴가를 마치고도 업무에 복귀하지 않는 나에게 직장에서는 조심스럽게 권고사직을 권했고, 제법 괜찮은 조건의 퇴직금을 계산 받고 은행을 나왔어.

다음 세상에 또 태어난다면, 부모님을 선택할 수 있다면 좋겠다는 생각을 했어. 어쩌면 나의 부모도 나와 같은 생각을 하실 거야. 좀 더 적극적이고, 더 애교가 많은 딸을 원하실지도 모르지. 여우 같은 성격에 예쁜 외모를 가졌더라면 사는 꼴이 지금보다는 나았을까? 결혼자금으로 쓰려고 악착같이 모아둔 돈과 퇴직금을 합하고, 잘 관리한 신용등급으로 빚을 좀 내서 지금의 플라워 카페를 오픈한 거야. 나름 나의 모든 것을 걸고 시작한 사업장인 셈이지.

국립수목원을 들락거리는 사람도 잘 알지 못하는 작은 사잇길에 난 조그만 카페는 아는 사람만 찾아올 수 있는 평수도 넓지 않은 곳이야. 평소 좋아했던 꽃꽂이를 겸해 작은 꽃다발을 만들기도 하고, 식물을 키워서 가꾸는데 재미가 제법 쏠쏠해. 다시 은행으로 돌아가고 싶지는 않더라. 뭐라고 설명하면 될까? 예전의 나는 모조리 지우고 싶은 생각이 들더라고. 부정하고 싶었던 거야. 내게 주어진 삶의 조건을, 나 자신조차도. 그렇게 나는 국립

수목원 근처의 작은 플라워 카페 사장이 되었어. 내 뱃속에는 작은 생명이 꼬물꼬물 자라고 있었고.

위기의 순간, 나를 끊임없이 위로해 주었던 것은 사람이 아닌 100세가 가까운 전나무들이었어. 수령이 모두 90년은 훌쩍 넘은 잘 자란 전나무들은 내게 안락함을 선물해 주었어. 나의 기쁨과 슬픔을 묵묵히 바라만 볼 뿐, 어떤 답도 요구하지 않았지. 자연의 위대함 앞에서 나는 침잠할 수 있었던 거야. 청신함이 가득한 공기를 마음껏 들이마시며 다시금 살아갈 이유에 대해 많이 생각했던 것 같아. 전나무에게 나는 끊임없이 말을 걸었어. 어떤 답도 주지 않는 전나무가 그렇게 든든할 수가 없더라. 말없이 곁에 있어 주는 존재가 힘이 된다는 걸 깨닫는 놀라운 경험이었어. 삶이 고달팠던 나는 털어놓을 누군가가 필요했던 거야. 어쭙잖은 충고를 듣고자 했던 것도 아니고 마음에 와 닿지 않은 위로가 필요했던 것도 아니었어. 그저 나의 이야기를 하염없이 들어 줄 대상이 필요했던 거야. 한 세기를 건강하게 살아낸 나이 든 나의 친구들은 내가 말하는 대로 어떤 토도 달지 않고 묵묵히 경청해 주었어. 울고 싶은 날은 마음껏 울도록 내버려 두어서 고마웠어. 상심한 마음으로도 찾아갈 곳이 있다는 사실은 나를 덜 외롭게 만들어 주었지.

민지의 존재를 왜 말하지 않았냐고 당신은 묻고 싶을 거야. 끝내 말할 수 없었던 건 사랑하는 나의 아기가 당신의 발목을 잡는 존재로 만들고 싶지 않았기 때문이지. 조심스럽고 뜨거웠던 우리의 밤을 당신이 평생 원망하며 살도록 만들 수는 없었어. 그날 밤, 우리가 하나로 몸을 섞던 그날은 우리 둘 다 진심이었고, 진실한 사랑이었다고 굳게 믿거든. 물론, 매 순간이 나를 향한 진정성 있는 사랑은 아니었겠지만, 우리의 아름다운 밤까지 송두리째 부정하고 싶지는 않았어. 두 사람의 사랑에 대해 누군가 책임을 져야 한다면 내가 지고 가는 게 옳은 일이란 생각이 들었거든.

나는 가끔 내 어미의 메마른 인생을 생각해 봐. 답답한 집에서 얼마나 많은 순간 뛰쳐나가고 싶었을까? 하지만 어머니가 환상통에 시달린 남편 곁을 차마 떠나지 못하는 것은 하나뿐인 외동딸 내가 있기 때문일 거야. 어머니가 그런 당신의 삶을 보상해 달라고 요구한 적은 없지만, 나는 당연스레 어머니의 노후에 대해 책임져야 한다는 생각을 하지. 결혼을 앞두고는 그런 나의 생각이 당신에게 참 미안하더라고. 비루한 가정에 대한 책임감이 내겐 부담이었고, 혼자 짊어져야 할 짐을 사랑한다는 이유로 당신과 나누어진다는 것이 두려웠어. 좋은 조건의 여자를 만나 얼마든지 잘 살 수 있는 사람이라는 생각이 들 때면 더욱 그랬던 것 같아. 넘치는 조건이 되어 주지는 못하더라도 기준, 기본은 하고 싶다는 생각이 들 때가 많았어. 그조차도 하지 못한다는 건 생각보다 내 마음을 무겁게 만들었지.

산부인과에 가면 흔하게 부인을 따라온 남편들을 보게 되지. 가끔은 친정엄마랑 같이 오는 모습도 보이지만, 부부끼리 병원을 찾을 때가 많잖아. 그런 모습이 하나도 부럽지 않았다면 거짓말일 거야. 다정하게 눈 맞춤하며 둥근 배를 쓰다듬어 줄 때. 나는 사랑 받는 아내의 모습이 부럽기보다는 태어나기도 전, 많은 축하와 기대를 받는 귀염 받는 아기를 보며 배 속의 딸에게 정말 미안했어. 아이는 이런 우울한 내 마음을 전달받았는지 씩씩해지라고 힘차게 발길질을 해주곤 했는데 그 덕분에 용기를 내곤 했었지. 점점 불러오는 배를 더는 감출 수 없었고 부모님은 어쩔 수 없이 아이 낳는 것을 허락하셨지. 반가운 생명은 아니었지만, 기꺼이 짊어질 짐이라 생각하시는 듯했어. 어머니는 아주 짧게 당신에 대해 물으셨고, 아무 대꾸도 없는 내게 다시는 당신의 이야기를 꺼내지 않으셨어. 하고 싶지 않은 말을 하지 않아도 되게 만들어 주신 거야.

민지를 낳고 젖몸살을 심하게 앓았거든. 가슴을 모두 도려내고 싶을 만큼 건드리기만 해도 얼마나 가슴이 아팠는지 몰라. 치밀유방 구조를 가지고 있어서 아픔이 더할 수도 있다고 의사 선생님은 말씀해 주셨지만 뾰족하게 아픔을 제거해 주지는 못하였어. 모유 수유를 할 형편이 아니라서 젖을 끊고 분유를 주려고 하는데 가슴에서 젖이 돌 때는 너무 슬프더라. 요즘 젊은 아빠들은 와이프 가슴 마사지도 해 준다고 하던데 줄줄 흐르는 젖을 보면 그렇게 슬플 수가 없었어. 마르지 않고 넘쳐흐르는 젖을 천으로 두 겹 세 겹 감싸고 카페에 나와 일을 했어. 이곳은 나의 생계가 걸려 있는 공간이니까 소홀히 할 수가 없었어. 아마 민지가 없었더라면 나는 좀 더 방황하고 쓸쓸해 하며 삶의 허무 앞에서 무너졌을지도 모르겠어. 하지만 어린 생명 앞에서 나는 책임감 있게 일어나야만 했지.

　나는 엄마라는 세상에서 가장 귀한 이름을 얻었으니까. 손님이 없는 빈 시간에는 줄줄 흐르는 젖을 손으로 꾹꾹 눌러 짜서 싱크대에 버리곤 했는데 비릿한 냄새를 맡으며 얼마나 많이 울었는지 몰라. 그냥……, 살아갈 자신과 확신이 부족했던 것 같아. 마음으로는 수도 없이 용기를 잃지 말자고 다짐하면서도 나는 살아갈 날들이 퍽 두려웠던 거야. 그때마다 나는 빽빽 울어대는 민지를 생각하며 마음을 다잡았어. 아빠도 없이 오직 이 세상에 엄마 하나만 믿고 태어난 귀한 내 딸이잖아. 나는 좀 더 용기를 내야만 했지.

　꽃과 차, 그리고 이야기가 있는 공간이라 그런지 배부른 임산부들이 종종 카페를 찾아오곤 하거든. 수다스러운 친구끼리 놀러 오기도 하고, 남편이랑 단둘이 오는 경우도 있어. 가끔은 가족끼리 놀러 오기도 하고 말이야. 나들이를 나온 그들은 하나같이 화목하고 즐거워 보여. 사랑하고 있는 매 순간이 온 우주와 바꿀 수 없는 찰나인가 봐. 좁은 카페라 손님들의 이야기를 그대로 듣게 되는 경우가 많아. 소소한 것으로 사랑싸움을 하기도 하고 헤어짐의 기로에 놓인 연인들의 이야기를 전해 듣기도 하지. 그런 사랑의 위태로움을 바라보며 나는 가끔 당신을 떠올리곤 해. 살면서 당신이 궁금해지는 순간들이 있지만, 의도적으로 찾아보지 않으려고 노력해. 이미 새로운 가정을 꾸리고 사는 당신에게 누가 되고 싶지는 않거든. 어쩌면 사랑할 자신이 없어진 내가 서둘러 결정한 이별인지도 몰라. 내가 선택한 이별에 대해 책임져야 한다고 생각해.

나는 그럭저럭 지내. 아버지의 환상통은 점점 심해져서 나와 엄마는 수시로 아버지의 팔을 주무르는 척하며 곁에서 긴 시간을 보내야 하고, 민지는 올해 미운 네 살이 되었어. 귀여운 아이는 숲속 유치원에 수업을 가는데 온통 자연으로 꾸며진 곳에서 살아 그런지, 숲에서 노는 걸 좋아하는 아주 맑은 아이야. 새가 지저귀는 소리, 계곡물 흐르는 소리, 개구리 우는 소리를 귀 기울여 듣는 걸 아주 좋아해. 당신을 닮은 구석이 많은데, 비 내리는 날을 좋아하고, 빗방울이 똑똑 떨어지는 걸 좋아해서 비가 내리는 날에는 창문에 매달려 하루 종일 구경을 하더라고. 그래서 피는 못 속인다는 옛말이 생긴 건가 봐.

당신이 민지를 만난다면 알아볼 수 있을까? 민지의 존재를 상상조차 하지 않을 테니 물론 알아보지 못할 확률이 높지만, 민지를 알아봐 주면 좋겠다. 나를 위해서가 아니라 민지를 위해서. 민지 생명의 근원인 당신이 민지를 몰라본다면, 어쩐지 너무 슬플 것 같아. 저 아이가 나를 참 많이 닮았구나, 정도로는 민지를 한눈에 알아봐 주었으면 좋겠다.

단골손님이 유추프라카치아라는 희귀식물을 선물해 주셨는데 사람의 손길에 반응하는 식물이래. 그래서 매일 쓰다듬어 주지 않으면 안 된다고 하네. 사람의 손길과 애정을 갈망하는 유추프라카치아는 하루에 한 번만 쓰다듬어 주면 시들시들 앓다 죽어 버린다고 하니, 참 가꾸기 고약한 식물이지 뭐야. 그런데, 우리 민지는 그 식물을 아주 좋아해. 아마도 신기한 거겠지. 강아지나 고양이도 아니고 쓰다듬어 주어야 한다는 것이 민지의 마음을 끌었을 거야. 수목원의 하루는 매일이 크게 다르지 않거든. 자연 속에서 시계는 도시의 초침보다 느리게 움직이는 듯해. 민지는 매일 아침 눈뜨면 먼저 유추프라카치아에게 밝은 목소리로 인사를 하지. 고운 손길로 가만가만 쓰다듬으면서 말이야. 누군가에게 정성을 베푸는 방법을 자연스럽게 배우고 있는 중이야. 내 사랑의 정성도 참 대단했잖아. 나는 좋은 옷을 걸치지 못해도 당신에게만은 유명 브랜드 옷을 입히고 싶어 했고, 소소한 기념일까지 챙기며 당신을 대접하는 일에 게으르지 않았었어. 하지만 지금 생각해 보면 나를 위한 사랑을 해야 했던 것 같아. 나를 먼저 사랑한 후에 타인을 사랑해야 헛헛하지 않은 삶을 살 수 있었던 건데, 헤어진 후에야 그걸 깨달았지 뭐야.

　생각해 보면 나는 사랑을 주고받는 일에 겁을 냈던 거야. 사랑하지 않아도 가족으로 묶여 있는 부모님은 나를 숨 막히게 했던 거야. 아버지는 허공을 향해 손을 내저으면서 말씀하셨어. "요즘은 별별 직업이 다 있다고 하네. 고기 조형사가 되고 싶어하는 젊은 사람들이 많아져서 강의하러 간다. 매일 있는 일은 아니고, 횟수로 돈을 준다고 하니 거기라도 가 볼까 한다." 오래간만에 듣는 아버지의 목소리가 제법 안락한 것 같아 마음이 놓였어. 노름을 해서 재산을 탕진한 형편없는 가장도 아니었고, 그저 책임감 있게 삶을 살다 닥친 불운인 거지. 아버지의 인생을 생각하면 생이 참 허무하다는 생각이 들어. 그저 열심히 산 죄밖에 없는 억울한 사람이야.

아버지에게 일감을 준 고깃집 사장님은 늘 마음의 짐이 있다고 말씀하셔. 주말이면 아버지가 고기를 해체하는 모습을 라이브 쇼처럼 하던 곳인데, 손님이 주는 한두 잔 술에 종종 아버지가 위험해 보였다고 하시며, 그때 술을 먹지 말라고 적극적으로 타이르지 못한 자신이 원망스럽다고 하셨어. 사장님은 그 미안한 마음을 대신하기 위해 슬쩍 집 앞에 남는 고기가 생겼다며 질 좋은 고기 상자를 놓아두기도 하고, 명절이면 슬쩍 내게 용돈을 쥐어 주시기도 했지. 더는 칼을 잡을 수 없는 아버지를 진심으로 안타까워하셨어. 환상통에 시달리는 아버지를 만나러 와서는 글썽글썽 눈물을 감추지 못하신 분이야. "아이고, 이 사람아 정신줄 놓지 말게. 그래도 살아야 하지 않겠나……." 울먹이며 말끝을 흐리시던 분이야.

고맙게도 사장님은 한 번도 아이 아빠에 대해 내게 묻지 않으셨고, 가끔 우리 가게를 찾아와서는 필요 없는 꽃바구니는 만들어 가고 계시지. 아내가 꽃을 좋아한다, 딸아이 생일이다, 이웃집에 파티가 있다는 식의 핑계로 꽃값을 계산하고 싶으신 거야. 그 마음이 죄송스러워 나는 슬쩍 사장님의 눈을 피하고 사장님은 자신의 거짓말이 들통날까봐 슬쩍 시선을 피해 버리곤 하지. 아버지는 오랜만에 자신의 쓸모를 인정받은 듯 들뜨고 신나 보였어. 아버지의 팔이 건재했다면 어땠을까? 우리 집도 힘없이 기울지 않았을 것이고, 나도 매사 좀 더 자신 있는 여자가 될 수 있었을까? 내세울 것 없는 집안 사정이 나를 작아지게 만든 건 사실이거든. 함께 구정물에 뛰어들고 싶지 않다는 생각을 많이 했던 것 같아.

처음 환상통이란 병을 전해 들었을 때 나는 나도 모르게 고개를 갸웃대고 있었어. 처음으로 듣는 낯선 병의 증세가 쉽게 이해가 되지 않았던 거야. 의사 선생님께서는 흰 가운의 옷매무새를 바로잡고 흘러내린 동그란 안경을 똑바르게 치켜 올리며 말씀하셨어. "쉽게 말하면 일종의 정신병이라고 생각하시면 됩니다. 아무런 준비 없이 닥친 자신의 상황을 인정하지 못하는 겁니다. 지금도 팔이 있다고 생각하고 그것에 대한 아픔을 끊임없이 호소함으로써 심리적인 안정 상태를 취하는 겁니다. 아버지가 상당히 힘든 시간을 거치신 거예요. 맨 정신으로는 받아들일 수 없을 만큼 많이 힘들었다는 걸 증명하는 거죠." 무거운 이야기를 많이 해본 의사는 담담하게 최대한 감정을 싣지 않고 말을 뱉더라. 그 후 우리는 알 수 없는 아버지의 정신세계와 마주하며 함께 오래오래 아파야 했어.

유치원에 다니면서 민지가 가끔 당신의 존재를 궁금해 해. 이런 날이 오지 않을 거라 생각한 건 아니지만, 완벽하게 마음의 준비가 된 건 아니라서 처음에는 많이 당황했어. 엄마, 나의 아빠는 어떤 사람인가요? 우리 아빠는 어디에 있어요? 민지도 아빠가 있는 거 맞지? 질문을 쏟아 붓는 민지의 말간 눈은 퍽 귀엽게 반짝이고 있었지. 나는 가만히 민지의 맑은 눈을 들여다보았어. 민지가 조금 크면 엄마가 이야기해 줄게. 착한 나의 딸은 가만히 고개를 끄덕여 주었어. 아마도 유치원에 가면 친구들이 아빠 이야기를 하니까 나의 아빠는 어떤 사람인가 궁금했던 것 같아. 그래서 나는 요즘 멀지 않은 날 당신의 존재를 어떻게 설명해야 하나 많은 고민을 하고 있는 중이야.

드문드문 오는 손님 중에 홀로 아들을 키우는 아빠가 있는데 그분의 사정은 나보다 더 좋지 않아. 엄마는 병원에서 바로 아이와의 관계가 또렷하게 증명이 되잖아. 엄마의 몸을 통해 아이가 태어나니까 둘의 관계를 부정할 수는 없잖아. 하지만 남자의 경우는 사정이 달라서 아이와의 관계를 입증하는 것이 힘들고, 친모가 연락이 두절된 경우는 입양의 절차를 거치는 동안 호적에도 올릴 수 없는 매우 복잡한 구조라고 하더라. 서로 힘든 처지라 그런지 자연스럽게 말을 섞으며 제법 친한 사이가 되었어. 궁금해질만 하면 찾아와서 담담히 근황을 전해주는 고마운 사람이야. 가끔은 아이와 함께 나란히 테이블에 앉아 있는데, 그 모습이 그렇게 행복해 보일 수가 없어. 고단한 상황일 텐데도 웃고 있는 눈을 보니 세상살이 시름 참 별거 아니라는 생각도 들고 말이야. 나보다 더 어려운 환경에서도 웃음을 잃지 않고 사는데 나

자신을 반성하기도 하지.

　가끔 어머니께 민지를 부탁하고 새벽 꽃시장에 가거든. 기억하고 있어? 어버이날, 각자의 부모님을 위한 꽃다발을 만든다며 새벽 일찍 화훼단지를 찾았었잖아. 부스스한 모습을 보이고 싶지 않아서 새벽 두 시부터 일어나 머리를 감고 예쁘게 화장을 하고 단정하게 옷을 갖춰 입었었지. 그런 내 모습에 놀란 당신은 퉁퉁 부은 눈으로 양치도 못 하고 뛰어나왔다며 헤죽 멋쩍게 웃었었어. 그런데 내 눈에는 그 헝클어진 모습이 멋져 보이더라. 약간의 입 냄새조차도 싫지 않았어. 자연스럽게 나를 맞이할 수 있는 당신의 마음이 퍽 가깝게 느껴져서 좋았던 것 같아. 깔끔하고 똑떨어진 모습보다 어딘가 좀 부족해서 채워주고 싶은 당신의 모습이 더 좋았던 거야. 그런 소소한 추억의 힘으로 나는 민지를 키우며 사는 것 같아. 만약, 헤어짐을 요구하는 당신 앞에서 악다구니를 쓰며 버텼다면 어땠을까? 우리가 소중하게 쌓아둔 3년이라는 시간은 모래성처럼 맥없이 허물어져 버렸을 거야. 새벽의 찬 공기는 제법 매력 있어. 싱싱하고 어여쁜 꽃들은 은근한 향기를 뿜내며 우리를 맞아 주었지.

　당신 옆에 있던 그 여자 말이야. 그녀를 꽃에 비유한다면 아마도 붉은 장미꽃일 것 같아. 상큼하고 매력적인 그녀는 대번에 빨간 장미를 떠올리게 만들어. 달콤한 향기로 당신을 한 번에 사로잡을 만큼 싱그러운 사람이었던 거야. 당신에게 나는 어떤 꽃이었을까? 어떤 향기도 갖지 못한 수수한 들꽃이었을까? 요즘 나는 안개꽃이 참 예쁘더라. 어울려 있을 때 비로소 제 매력을 발산하는 안개꽃에 정이 가더라고. 우리 민지는 튤립을 가장 좋아해. '사랑의 고백'이란 꽃말을 가지고 있는 튤립의 현란한 색깔에 반한 것 같아. 작은 가게지만 꾸준히 사람을 모을 수 있었던 건 나의 성실함이 한몫했어. 찾아주는 손님들이 고마워서 질 좋은 꽃을 가져다 두고 있거든. 민지를 키우며 돈을 벌어야 하니 가게는 내게 큰 의미가 있는 장소야. 민지와 나의 생계를 책임져야 하는 공간이지. 아파도 가게에 와서 아파야 마음이 놓여. 병원에 누워 있으면 가게가 걱정이 되어서 스트레스를 더 많이 받더라고.

주변에는 돈 많은 가게 사장들도 많아. 취미 삼아 북카페를 운영하거나 LP 음악을 원 없이 듣고 싶어서 포천 수목원 근처에 가게를 연 사장님도 계시지. 그들은 하나같이 맑은 공기에 반해 이곳을 주저 없이 선택했다고 하셔. 나는 당신과의 추억이 가장 많은 곳에서 삶의 터전을 닦고 싶었어. 어쩌면 내 마음 밑바닥에는 당신이 나를 찾고자 할 때 가장 먼저 떠올릴 수 있는 곳에서 민지와 함께 살고 싶었는지도 모르지. 민지를 양육할 때 어쩔 수 없이 친정어머니의 도움을 받아야 하는 것도 한몫했고 말이야. 한 아이의 엄마가 되어 아줌마로 점점 변해가는 내가 나조차 생소한데 당신이 지금의 내 모습을 본다면 얼마나 깜짝 놀랄까? 가끔 그런 생각을 하며 화장대 앞에 앉기도 하지만 어쩔 수 없는 세월의 흐름을 부정하고 싶지는 않아. 서로 늙어가는 모습을 보며 영원히 같이할 거라 생각했는데, 흘러간 유행가의 가사처럼

이 세상에 영원할 수 있는 건 아무것도 없는 건가 봐.

돈벌이를 마친 아버지는 간만에 바깥 외출이 즐거우셨나 봐. 전화를 하셨는데 붕붕 목소리가 들떠 계시더라고. 자신의 힘을 다해 돈을 벌 수 있다는 건 행복한 일이야. 돈을 벌어 가족을 부양하고, 맛있는 음식도 대접하고, 삶의 기반을 마련할 수 있다는 건 기쁜 일이었을 거야. 남들은 별반 하고 싶지 않는 고기 조형 일을 하면서 실상 아버지의 손은 성할 날이 많지 않았지. 칼에 베이고 아물기를 반복한 투박한 아버지의 손, 근육은 제법 질기게 연결되어 있어서 탄탄한 육질을 유지하는 잘 발달된 근육을 끊어내기 위해서는 한 번에 강한 힘으로 툭툭 살결을 쳐내야 했지. 숙련된 아버지의 팔뚝에도 꽤 힘이 들어가는 일이었어, 달뜬 목소리로 전화한 아버지는 구렁이알처럼 귀한 수입을 손녀딸을 위해 쓰고 싶으신지, 민지에게 갖고 싶은 게 있냐고 물어 달라 청하셨어. 모처럼 듣는 아버지의 씩씩한 음성에 기분이 좋아지더라.

당신의 부모님도 나를 예뻐해 주셨지만, 우리가 헤어짐과 동시에 볼 수 없는 인연이 되었지. 다정하게 나를 대해 주시던 어머님이 생각나지 않은 건 아니지만 그립다고 연락할 수 있는 사이는 아니잖아. 어머님은 늘 포천에 오면 나를 꼭 만나고 가셨어. 일부러 친구들이랑 포천 나들이를 오기도 하셨잖아. 계곡이 좋아서 왔다며, 예쁜 카페 나들이를 왔다며 은근히 나를 불러내고는 하셨어. 마음으로 정을 주신 감사한 분이야. 헤어지고 난 후, 생리를 건너뛰게 되었고 나는 막연하게 생리불순이라고 생각했어. 3년의 만남을 정리하면서 나는 스트레스를 받고 있었고, 패배자가 된 것 같은 기분에서 한동안 벗어나지 못했거든. 병원을 찾아 아기가 생겼다는 걸 알았을 때, 신기하게도 말이야. 나는 낳을지 말지 한 번도 망설이지 않았어. 내게 주신 생명을 잘 품었다가 곱게 낳아야겠다는 생각만 했어. 아빠가 없이 아이를 키우는 것이 힘들 거라는 걸 예상하면서도 나는 주저하지 않았던 거야. 민지는 기적처럼, 축복처럼 내게 온 아이였어.

꽃을 사 들고 걸음을 서둘렀어. 돌아갈 집이 있다는 것이 참 행복하다고 생각하면서 말이야. 언젠가 한 번은 당신에게 민지의 존재를 알릴 날이 올까? 어쩌면 민지가 원하지 않을 수도 있다는 생각도 들고. 주어진 시간을 잘 견뎌내다 보면 해답은 저절로 주어지리라 믿고 있어. 당신과의 마지막 밤을 기억해. 우리는 수목원을 걸었고, 함께 새로 생긴 경양식 집에서 식사를 했어. 메뉴는 치즈 돈까스였던 걸로 기억해. 사거리에 있는 단골 찻집에서 따뜻한 차를 주문해 마셨지. 나는 홍차를 주문했고 당신은 아메리카노를 시켰어.

참 신기하게도 말이야. 나는 그날 하루를 모두 기억해. 그날의 공기, 습도, 우리가 입었던 옷, 찾았던 장소, 먹었던 음식, 유난히도 뜨거웠던 당신의 거친 입김과 숨소리까지 하나도 잊지 않고 있어. 아마도 그날이 우리 민지가 생긴 날이라 그런가 봐. 그리고 어쩌면 머리보다는 몸이 우리의 헤어짐을 알고 있었던 건 아닐까. 마음이 다른 곳으로 간 당신은 더욱 세게 나를 끌어안아 주었고, 다른 날과 다르게 좀 더 격정적으로 나를 대했던 것 같아. 혼자 차를 몰고 가면 이런저런 잡념이 더욱 많아지는 것 같아.

요즘 나는 포천에 있는 군부대에서 독서 코칭 수업을 하고 있어. 군인들과 2주에 한 번씩 책을 읽는 프로그램인데 강사로 선발되어 활동하고 있지. 군대가 하나의 스펙이 될 수 있도록 장병들과 함께 지정도서를 읽고 이런저런 대화를 나누는 시간을 갖는데, 참 좋더라. 예전에는 내가 사는 고장에 군부대가 많은 것이 썩 좋지 않았거든. 그런데 이곳에 살면서 군장병들의 도움을 받을 때가 엄청 많아. 산불이 났을 때도, 눈이 많이 내렸을 때도, 비바람이 거칠 때도 우리 주민들은 장병들의 도움을 받거든. 나도 그들을 위해 뭔가 보람된 일을 하고 싶다는 생각에서 시작하게 된 일인데 정말 나도 많이 배워. 서로의 생각을 교류하는 과정에서 사고가 더욱 농익어 가는 느낌이랄까.

우리의 첫 만남도 군대에서 시작되었잖아. 주말에 나는 아버지를 따라 친구분 가게 일을 도우러 나갔고, 당신은 그곳에 부대원들과 함께 식사하러 왔지. 비싼 갈비를 돈을 걷어 먹으며 큰 소리로 이야기했었잖아. "명색이 우리가 포천 부대에서 근무를 섰는데 이동 갈비 한 번 배터지게 먹어 봤다고 당당히 말은 해야지 않습니까?" 군기가 팍팍 들어간 군인 말투로 이야기하는데 그 모습이 정말 우습더라고. 사장님은 그 소리를 듣고 맛있는 고기를 접시 가득 서비스로 내어 주셨잖아. 나라를 지키는 데 수고한다고 하시며 배부르게 식사들 하시라고 말이야. 헌데 당신은 기름진 고기를 배부르게 먹기보다는 나를 보기에 바빴다고 훗날 전해 들었지. 내게도 좋은 인상을 남겼던 당신은 포상 휴가를 얻어 한달음에 가게를 찾아왔지만 우리는 만날 수가 없었잖아. 나는 잠시 일을 도와주는 사람이었을 뿐 그곳에서 근무하는 사람이 아니었으니까. 허탕을 치고 돌아서려던 당신에게 내 연락처를 알려준 사람은 다름 아닌 우리 아버지셨어. 찾아온 용기가 가상하다고. 제법 마음에 든다고 하시며 한 번 만나보라고 하셨지. 사람도 자꾸 만나봐야 좋은 놈인지 나쁜 놈인지 구별이 되는 법이라며 쓱 연락처를 내미셨어. 그렇게 우리는 서로의 운명에 첫발을 들여놓은 거야.

나는 요즘 시절 인연이라는 말을 자주 떠올리거든. 언제부턴가 그 말이 참 좋더라고. 독서 코칭 수업을 오래하다 보니 자연스럽게 장병들의 연애상담을 하는 경우도 생겨. 젊은 남자의 정열 넘치고 열정적인 사랑은 때론 위험하기도 한 것이라 정성껏 그들의 이야기를 들어주고는 해. 실패한 사람에게 연애상담이라니! 무모하지 않아? 나는 그녀들의 이야기를 들으며 생각해. 그 시절, 우리의 인연은 딱 거기까지였구나…… 하고. 조금 더 늦거나 빨리 만났더라면 우리의 사랑은 해피엔딩이었을까? 그 시절, 그 인연으로 스치지 않고 곁에 있는 사람이 되었을까? 시절과 인연이란 말, 참 어렵지?

남편이 있는 여자와 아내가 있는 남자가 서로 사랑을 해. 사람들 눈에 잘 띄지 않는 우리 가게가 두 사람이 만나기 편안한 곳인가 봐. 내가 보기에 두 사람은 별로 이혼할 생각이 없고, 서로를 욕심내지 않아. 아마도 그래서 오래가는 불륜 사이가 가능한 것 같아. 자신들은 사랑이라 굳게 믿고 있어. 추운 겨울이면 목도리도 둘둘 말아주고, 감기에 걸린 남자를 위해 여자는 약도 챙겨 오거든. 그들에 대한 사전 정보 없이 카페에서 마주한다면 영락없는 부부의 모습이야. 하지만 남편의 전화벨 앞에서 여자는 밖으로 나가 전화를 받고, 아내의 급한 호출이 오면 남자는 조심스럽게 눈치를 보며 자리를 털고 일어서지. 그들도 좋은 시절을 타고 나지는 못했나 봐.

포천 직두리에는 천연기념물 제460호로 지정된 부부송이 있어. 독특한 형태의 나무는 외지 사람들에게도 인기가 무척 많아. 나도 가끔 그 부부송을 찾곤 하거든. 물론, 당신 생각이 안 난다고 하면 거짓말일 거야. 그런데, 이제 우리는 부부가 될 수 없으니까. 나는 그 부부송 앞에 서면 서글퍼지더라. 나는 그냥, 민지랑 단둘이 살 거야. 딸이 커가는 모습 보면서 그렇게 고요히 늙어가고 싶어. 다시 힘든 사랑을 하고 싶지도 않고, 많이 사랑했던 만큼 나는 많이 아팠고, 기대가 컸던 만큼 실망도 컸으니까. 이번 생에는 다시 이성을 사랑하는 일은 없을 것 같아. 주변에서는 그러더라. 민지를 위해서라도 새 출발을 해야 한다고 말이야. 아무래도 아빠가 없는 것보다는 새아빠라도 있는 것이 아이를 위해서는 훨씬 좋은 결정이라고. 그런 말을 들을 때마다 민지에게 미안하지만, 아직은 혼자가 좋아.

부부송 앞에서 나는 기도해. 다음 세상에는 내게도 든든한 짝을 주시라고, 어떤 위기가 찾아와도 헤어지지 않을 그런 신랑감을 점지해 주시라고 말이야. 세월이 갈수록 민지가 아빠의 빈자리를 크게 느낄까 봐 그게 좀 걱정되기는 해. 우리는 부부라는 이름은 가질 수 없지만, 나는 민지의 엄마고 당신은 민지의 아빠야. 그러니 부부송 앞에서 당신을 슬쩍 떠올린 내 마음을 용서해 주어.

이제 꼭 일 년이 남았다. 우리가 쓴 손편지가 개봉되기까지 일 년이 남았다고, 곰살맞은 아내의 애교에 푹 빠져 살면서 당신은 이미 잊었을지도 모르지만, 나는 해가 바뀔 때마다 손가락을 꼽으며 타임머신이 개봉될 날을 기다렸어. 아직도 사장님은 여전히 장사를 하고 계시고, 타임머신 이벤트는 지금도 진행 중이야. 당신은 나에게 어떤 글을 남겼을까? 당신의 마음이 늦게나마 알고 싶어지는 건 왜일까? 민지에게 당신의 존재를 이야기하면서 당신이 쓴 손편지를 보여준다면 좀 더 쉽게 지금의 상황을 받아들일 수 있을까? 홀로 젖는 생각들이지.

가끔은 당신을 그리워하며 나는 이곳 포천에 남아 있어. 달라진 것이 있다면 당신을 추억하는 일에 당신의 아내를 어쩔 수 없이 떠올려야 하고, 불편해지는 내 마음은 어쩐지 부정을 저지르듯 당신의 아내에게 미안해지는 거야. 당신의 아내보다 앞서 당신을 만났고 사랑했다고 해도 이제는 남의 사람이 된 거잖아. 이제 당신은 영원히 남의 사람이지. 그런데도 내심, 언젠가 한 번쯤은 우리의 사랑이 가득했던 이곳을 떠올려 주길 바라. 장병 시절 용기를 냈던 것처럼 어쩌면 한 번쯤 성큼 나를 만나러 와 주지는 않을까 하고. 어디에서 어떤 모습으로 살든 부디 행복하길 바랄게. 포천의 하늘은 유난히도 참 맑다.

2. 남자의 마음

당신이 그리울 때면 나 홀로 포천을 찾고는 해. 우리의 웃음이 가득했던 거리를 걸으며 지난 시간을 추억하지. 잘 지내고 있는지, 결혼은 했을지 제일 궁금해. 생각해 보면 당신은 참 독한 구석이 있는 사람이었어. 나와 헤어지고 난 후에도 연락 한 번 하지 않았으니까. 단 한 번도 나를 잡지 않았잖아. 이미 오래 전부터 당신은 나와의 헤어짐을 생각하고 있었던 모양이야. 당신과 이별을 하고 나서 처음에는 현실감이 별로 없었어. 섣부르게 이별을 이야기한 당신이 곧 연락을 해 올 거라 믿었던 것 같아. 그렇게 속절없이 시간은 흘렀지만, 당신은 내게 연락 한 통 없더라. 기다리기만 할 게 아니었는데, 내가 먼저 연락을 해 봤어야 했는데 늦은 후회만 남았을 뿐이지.

우리가 자주 찾던 카페는 여전하더라. 주인도 그대로야. 다만 우리가 정을 주었던 풍산개는 죽고 이제는 그 어미의 새끼 두 마리가 오순도순 집을 지키며 살더라고. 얼굴을 기억하고 있던 주인아저씨가 "짝꿍은?"이라고 물으셨어. 나는 가만히 고개를 저었어. 나는 말이야……, 나쁘지 않게 살고 있어. 지금의 아내는 애교가 많은 사람이라서 나의 기분을 잘 헤아려주고 내가 우울해 보이면 기분을 풀어주려고 노력도 많이 하는 사람이야. 그런데도 가끔은 당신이 생각나는 걸 보면, 편안했던 우리의 연애가 내게 많은 추억을 남겼던 것 같아. 나는 우리가 헤어지지 않고 결혼에 골인할 줄 알았어. 우리가 헤어지는 건 한 번도 상상해 보지 않았거든. 갑작스럽게 당신이 헤어지자고 했을 때 붙잡지 못했던 건 너무도 당황했기 때문이야. 우리가 사랑을 속삭였던 그 카페에서 당신은 매정하게 이별을 이야기하더라.

솔직히, 생각해 보면 지금의 아내에게 많이 흔들렸던 건 사실이야. 그녀는 매우 상냥했고 애교쟁이에다가 나를 진심으로 사랑해 주었거든. 오래 묵은 우리의 곰국 같은 연애에 조금 심드렁해지기도 했고 신선하고 새로운 느낌에 홀리듯 빨려들었던 것 같아. 하지만 나는 추호도 당신과 헤어질 생각은 하지 않았어. 이별을 아무렇지도 않게 이야기하는 당신을 보고 있자니 화도 나고, 나 자신에게 실망도 들고 그래서 잡지 않았어. 약간의 오기가 발동했던 것도 사실이고. 그런데 막상 헤어지고 나니 너무나 힘들어서 당신이 다시 돌아와 주길 바랐어. 나를 시험하는 것일 뿐 서둘러 돌아올 거라 믿고 있었지. 자존심을 다 버리고 은행에 찾아가니 이미 퇴직했다고 하더라고. 우리의 오랜 연애를 알고 있는 사람들은 "싸우셨어요?" 하고 웃음 지으며 묻더라. 마음이 많이 상해서 돌아왔던 것 같아.

남자는 말이야. 군대에 있던 시절을 별로 좋아하지 않거든, 힘들었으니까. 다시는 돌아보고 싶지 않은 곳이기도 해. 나도 마찬가지지. 좋은 사람들과의 추억도 남아 있긴 하지만 고된 훈련, 지독한 외로움을 생각하면 다시는 떠올리고 싶지 않은 장소인 건 사실이야. 그런데도 내가 포천을 마음이 외로운 날, 찾을 수 있는 건 순전히 당신이 있기 때문이었어. 처음 허름한 고깃집에서 당신을 보았을 때, 나는 한눈에 당신에게 반했던 거야. 수수한 차림이지만 당신의 뒤에서 광채가 비추더라고. 사랑에 빠졌다는 신호였어. 나는 군대에 복귀하고 나서도 당신의 모습만이 계속 머릿속에 맴돌았어. 포상 휴가를 받아 나올 만큼 당신을 다시 만나고 싶은 나의 마음은 너무도 간절했어. 노래도 하지 못하는 음치 수준에 가까운 내가 장기자랑 대회에 나가 열창을 했고, 노력이 가상해서 포상 휴가를 주신 거였어.

가게를 찾았는데 당신이 보이지 않는 거야. 정말 절망적이었어. 당신의 아버님이 전화번호를 가르쳐 주시지 않았다면 나는 남자답지 못하게 주저앉아 엉엉 목놓아 울었을지도 몰라. 그렇게 시작된 우리의 만남에 나는 하루하루를 감사하며 살았다. 나를 위해 애쓰고 헌신하는 모습을 보며 이렇게 받은 것들 앞으로 살면서 갚겠다고 다짐도 했어. 하지만 당신은 차츰 변하더라. 은행원인 당신은 내가 성에 차지 않았던 걸까? 더 좋은 조건의 남자를 만날 수 있는데 우리의 연애 기간이 길어질수록 부담스러운 만남이 되는 거였나? 생각이 많고 복잡해졌어. 그럴 때 지금의 아내가 내 곁에 있어 주었고. 나의 좋은 연애 상담 선생님이 되어 주었지. 아내는 따뜻한 마음으로 첫사랑에 실패한 나를 보듬어 주었어. 겉보기와는 다른 모성애가 느껴지는 사람이었지. 서둘러서 마음의 안정을 찾고 싶은 나는 결혼을 서둘렀어. 아내의 아버지가 몸이 편찮으셔서 우리의 결혼을 조금 재촉하기도 하셨고 말이야.

여기 오니 우리의 흔적이 오롯이 남아 있네. 당신, 기억하고 있는지 모르겠다. 10년 후에 편지라고 하면서 우리가 서로에게 보낸 편지가 아직 이곳에 남아 있어. 10년의 세월을 맹세한 수많은 사연과 함께 당신을 떠올리곤 했거든. 그날의 일을 당신이 기억하고 있을지 궁금하기도 했고 말이야.

지금 생각해 보면 당신은 마음의 여유가 없었던 것 같아. 아버지의 병세는 날로 심해지는데 답답했을 거야. 그런 당신의 마음을 살뜰히 헤아리지 못한 것이 뒤늦게 후회가 되더라고. 그때는 그냥 내 마음도 좁아져서 사랑을 쉽게 포기해 버리는 당신을 속으로 많이 원망했던 것 같아. 나는 아직도 당신이 주었던 손편지를 간직하고 있어. 힘든 군 생활에 큰 힘이 되었던 편지를 차마 버릴 수가 없었어. 당신은 이미 나와의 시간을 깔끔하게 정리했겠지만 말이야.

작년 이맘때 카페 거리를 일없이 걷다가 당신과 닮은 여자를 보았어. 여자는 아이의 손을 꼭 잡고 있었는데 제법 아이가 큰 걸 보니 당신은 아닌 것 같더라. 아직 결혼했다는 소식은 듣지 못했거든. 당신과 가까운 사이라고 생각했는데 막상 헤어지고 나니, 나는 정말 당신에 대해 알고 있는 것이 너무 없더라. 그래서 실은 많이 반성하고 후회하고 자책했어. 언젠가는 이런 마음들을 이야기할 시간이 올 거라 생각했는데 이제는 너무 많이 늦어버렸네. 어쩌면 영영 할 수 없는 이야기가 될지도 모르겠다. 차마 전하지 못한 이야기들은 아직도 많이 아프다.

당신이 선물해 준 지갑 안에는 한탄강 대교천 현무암 협곡에서 찍은 우리의 사진이 아직 그대로 남아 있어, 물론 사용하는 지갑은 아냐. 하지만 버릴 수 있는 물건도 아니더라. 당신이 선물해 준 것들, 그냥 다 가지고 있어. 당신은 내가 준 것들 잊기 위해 모두 처분했겠지만……. 그냥 우리의 추억을 깡그리 지워버리는 건 자신 없는 일이라 흘러가는 시간에 맡겨 두기로 했어. 빛바래고 낡은 사진이지만 아주 가끔 나는 그 사진을 꺼내 본다. 근사한 배경에서 사진을 찍으며 우리는 약속했었잖아. 같은 배경으로 십 년마다 한 번씩 사진을 찍자고 말이야. 그 당시 우리는 이별 따위는 생각지도 않을 때였어. 생기지도 않는 아이와 함께 사진을 찍자고도 했으니까. 어떻게 그렇게 사랑이라는 감정에 자신할 수 있었을까? 지금 생각하면 피식 웃음이 난다. 시간은 되돌릴 수 없는 것, 누군가 그러더라. 그 시절, 우리의 사랑이 그리운 것이지, 지금의 서로를 원하는 건 아니라고 말이야. 어쩜 나와 당신도 절대 돌아갈 수 없는 젊은 날의 우리 사랑이 문득 그리운 거지. 지금의 변한 모습은 아닐지도 모르겠다.

나는 가끔 생각해 봐. 내가 무엇을 잘못한 것일까 하고. 당신이 독하게 뒤도 돌아보지 않고 헤어짐을 결심할 만큼 큰 잘못이 무엇일까 하고 생각해 봐. 제대로 된 답을 듣고 싶은데 이제는 들을 수 없는 이야기지만 말이야. 나는, 괜찮아. 똑똑하고 사려 깊은 아내는 당신에 대한 이야기를 묻지 않고 습관처럼 외로워지는 계절에는 그냥 방황하도록 내버려 두더라고. 자신이 해결해 줄 수 없는 그리움이라며, 홀로 있는 시간을 가져 보라고 이야기하더라. 좋은 사람이지. 난 복이 많은 사람인가 봐. 비록 첫사랑에 실패하긴 했지만 아름다운 추억도 많이 남길 수 있었고 당신과의 추억도 새록새록 떠올리다 보면 마음이 훈훈해지기도 하거든. 살면서 가장 많은 사랑을 받았다고 생각해. 당신이 아낌없이 베풀어준 사랑 덕분에 사랑에 실패했어도 극복할 수 있었을 거야.

당신은 입버릇처럼 말했지. 봄, 여름, 가을, 겨울 사계절을 모두 만나봐야 한다고. 우리는 그렇게 3년의 연애를 하면서도 크게 다툰 적이 없었어, 그게 문제였던 것 같아. 내 모든 걸 인내하고 참아주면서 당신은 차츰 헤어짐을 준비하고 있었다는 생각이 들어. 나는 받는 사랑에 취해 정신이 없어서 당신을 잘 챙기지 못했던 거야. 사는 게 바빴지. 어렵게 졸업한 대학이었고, 공돈처럼 받아쓰던 학자금 대출은 원금과 이자를 함께 상환해야 했어. 업무를 익히기에는 일머리도 썩 좋은 편은 아니더라고. 지치고 힘든 모습 보이며 징징대고 싶지 않아서 당신과의 약속을 차일피일 미루게 되었고 그 과정에서 당신이 서운함을 느꼈을 수도 있겠다고 생각해.

그 무렵 나는 이런저런 빚 독촉에 시달리고 있었어, 은행에서 받은 융자를 갚아나가야 했고, 생활비를 긴급대출 받는 상황에 이르자 비밀 패턴까지 걸어두었지. 나의 사정을 알려, 당신에게 부담을 주고 싶지 않았고 연말이 되면 퇴직금을 우선 정산받아 해결할 거라서 당신 모르게 일을 처리하고 싶었어. 나의 어려운 실정을 알게 된다면 가장 먼저 은행 대출을 알아보고 당신의 좋은 신용으로 어떻게든 해결하려고 애썼을 테고, 결혼도 하기 전에 그런 짐을 지게 하고 싶진 않았던 거야. 그런데 가끔, "패턴으로 잠금장치는 왜 해 둔 거야?"라고 눈치 보며 묻던 당신의 모습이 떠오른다, 당신이 어떤 오해를 했던 것은 아닌지, 당시에 솔직하지 못했던 것이 지금에 와서 후회가 되기도 하고. 우리의 이별에 대한 이유를 찾자면 이런저런 생각이 두서없이 떠올라 머리가 지끈거리더라고. 왜 헤어져야 하는 거냐고 물어보기라도 할 걸 그랬어. 이렇게 두고두고 후회할 줄 몰랐어.

당신을 닮은 딸을 갖고 싶다고 입버릇처럼 말했던 거 기억해? 당신과의 마지막 밤이 지금도 생각나. 당신 안으로 깊이 파고든 나는 속으로 아주 간절하게 바랐거든. '이 여자를 닮은 딸 하나 낳게 해 주세요!' 하고 하나님, 부처님, 조상님 일일이 다 찾아가면서 말이야. 그때 우리의 사랑이 운 좋게 결실을 맺었다면 당신은 나를 떠나지 않았을까? 헤어짐을 느끼고 있었기에 내 마음은 더 불안하고 조급함을 느끼지 않았을까? 당신도 나를 닮은 귀여운 딸을 원했는지 왜 그런 것들이 새삼 궁금한지 모르겠다.

일 년 뒤, 나는 이곳을 다시 찾을 거야. 당신의 마음을 읽어 내려가고 싶어. 아마도 내가 쓴 편지는 아무도 찾지 않는 주인 없는 편지가 되지 않을까 싶다. 어미 풍산개로 우리가 헤어져 있던 시간 동안 늙고 병들어 존재하지 않는 것처럼 우리의 기억도 서서히 잊히고 결국은 소멸하고 말겠지. 나는 혼자 산정호수의 둘레길을 걸으며 너를 내 기억에서 소환한다. 잔잔한 풍경 속에 너는 말없이 내 손을 잡아 주고 있어. 너의 체온은 아직도 너무나 생생하구나.

주머니 사정이 가벼운 우리는 평강 랜드를 자주 찾아 걸었잖아. 인공적이지 않고 자연의 미가 살아 있는 길을 걸으며 이렇게 소박하게 사는 것도 인생의 재미라는 걸 느낄 수 있었는데 그런 깨우침을 준 너는 지금 곁에 없구나. 나는 앞으로도 종종 네 생각이 나면 외로울 것 같아. 하지만 내가 말한 헤어짐이니 뒤늦게 너를 찾을 수도 없지. 그렇게 하려고 내게 헤어짐을 넘겼던 건 아닐까. 그런 생각을 하면 부질없이 당신이 미워지기도 한다. 그래도 부디 건강하고 아프지 않길 바라. 언젠간 꼭 한번 만날 수 있다면 골골거리는 모습으로 마주하고 싶지는 않으니까.

요즘 내가 하는 일이 청년실업을 해소하기 위한 정책 마련이거든. 소상공인과 협업하는 것들을 구상하고 있는데 당신 아버님이 생각나더라고. 소상공인과 결합해 취업을 목적으로 고기 조형을 청년들이 교육받으면 좋겠다는 생각이 들어서 포천 고깃집 곳곳을 돌아다니며 대대적으로 강사 구인을 했고 아버지의 이력서를 받을 수 있었어. 팔이 불편하신 것 빼고는 강의를 하는 데 무리가 없어 보이더라고 말로 얼마든지 설명이 가능한 일이니까. 나는 이렇게 못내 전하지 못한 내 마음 언저리를 돌고 있나

봐. 솔직히 당신을 찾아보고 싶은 마음도 있거든. 요즘은 SNS가 많이 발달 되어서 찾자고 마음먹으면 못할 일도 아니잖아. 그런데, 행복할 당신 모습을 볼 자신이 없는 것 같아. 사진 속에 당신은 여전히 예쁘고 고운 미소로 나를 넌지시 건너다볼 것이고, 나는 속절없이 서글퍼질 거 같거든. 어느 순간, 우연히 스치듯 보아도 참 괜찮을 거야.

포천 아트 밸리를 가서 감탄하던 당신의 모습이 생각난다. 마치 어린아이처럼 좋아했었잖아. 아마도 당신은 버려진 채석장이 문화 예술 공간으로 다시 태어난 것이 놀라웠을 거야. 나도 그랬거든. 버려진 것, 차츰 잊혀져 가는 것에 새로운 숨을 불어 넣은 것 같아서 진한 감동이 올라오더라고. 천수호의 에메랄드빛 색깔은 어쩜 그리 아름다운지. 인간의 이기심으로 망가진 곳을 자연은 자정 능력을 발휘해 새로운 풍경을 연출해 냈지. 얼마나 훌륭한 연출가인지 몰라. 중학교 과학 교과서에 포천이 소개되었다며 발그레 웃던 당신, 당신은 입으로는 고향이 지겹다고 하면서도 실은 고향을 정말 많이 아끼고 사랑하는 사람이었어. 그래서 못내, 내 마음 한 자락에는 당신이 아주 가끔은 나를 그리워할 것만 같은가 봐.

군부대가 세운 건물 중 유일하게 남아 있는 교회 건물 기억하지? 이한림 장군이 지은 성당 말이야. 낡고 오래된 건물을 바라보면서 얼마나 많은 사람이 이곳에서 절절한 기도를 했을까, 생각했어. 1990년 화재가 일어나 목조 마룻바닥과 지붕틀이 소실되기도 했지만 지금도 여전히 잘 보존되어 있어. 아마도 신은 그곳에 엎드려 기도했을 아픈 자의 눈물을 기억하고 계실 거야. 한국전쟁은 얼마나 처절하고 서러운 민족의 비극이야. 그 시린 상처를 모두 다 헤아리고 계시느라 화재 속에서도 성당을 남겨 두신 거란 말을 했었잖아. 담담히 말을 뱉는 당신이 너무 예쁘고, 아팠을 누군가를 진심으로 걱정하는 당신이 무척 사랑스러워서 그날, 나는 당신을 위해 신께 기도를 드렸어. 부디, 이 마음 착한 여자의 앞길을 신께서 책임져 달라고 말이지. 아마도 애절한 나의 기도를 기억하고 계실 거야.

사랑은 타이밍이라고들 하더라. 당신이 이별을 원할 때, 울고 불고 매달려 당신을 잡았더라면 어땠을까? 왜 나는 그때 무심하고 덤덤하게 이별을 받아들였을까? 내가 생각했던 것보다 새로운 사람에 마음을 두고 있었던 건 아닐까? 지금의 아내를 믿고 당신의 존재를 좀 더 가벼이 대했던 건 아니었을까? 비겁하게도 그렇지 않다고 자기최면을 거는 건 아닐까? 생각이 꼬리에 꼬리를 물고 이어지는 밤이 아직도 존재해. 이미 타이밍을 놓쳐버린 시점에서 말이지.

부처님 오신 날이라 수목원 근처의 봉선사가 분주했을 때야. 절밥이 맛있다는 친구의 말을 주워들은 나는 밥이나 먹으러 가보자고 당신을 절로 끌고 갔잖아. 연꽃을 실제로 처음 본 우리는 물에 담긴 채 살면서도 젖지 않고 둥둥 떠 있는 꽃잎이 신기해서 넋을 잃고 바라보았지. 철부지 우리의 대화를 들으신 주지 스님이 따라오라 하시며 녹차를 대접해 주셨잖아. 누가 봐도 절을 처음 찾은 낯선 손님들이었어, 우린.

스님께서는 어떤 가르침을 주시고 싶으셨던 걸까? 뜨거운 물을 붓고, 둥둥 초록색 녹차 잎을 띄워 주시면서 말씀하셨잖아. "아이스 아메리카노보다 맛날 겁니다." 하고. 뜨거운 녹차는 홀홀 불어 마셔야 했는데 살살 떠 있는 녹차 잎이 퍽 성가신 거야. 후하고 불면 잠시 멀어졌다가 다시 물을 마시려고 하면 입술 가까이에 와 있고. 그다지 녹차 향을 좋아하지 않는 내게는 별반 달갑지 않은 차였어. 당신은 처음 본 주지 스님과도 조근조근 대화를 나누더라. 스님과의 자리가 어쩐지 어색하고 불편했던 나는, 빨리 자리를 털고 일어나고 싶어서 후후- 후후- 서둘러 찻잔을 비워내는 데 몰두했던 것 같아. 그때 내 모습을 보시고, 스님이 말씀하셨어. "찻잎이 영 불편하지요? 살다 보니 인연이 다 찻잔 속에 떠다니는 찻잎과 같더이다. 후후-, 아무리 멀리 불어 쫓아내도 반드시 만나야 할 사람이면 다들 만나집디다. 신기하게도 말이지요." 부처의 깨달음이 무엇인지 잘 몰라도 나는 뭔가 머리를 얻어맞은 듯 띵했고 순간 경쾌했어. 멍청히 스님의 말씀을 곱씹다가 찻잎을 꿀떡 모두 삼켜버렸잖아. 당신은 그런 내 모습이 우스운지 수줍게 미소를 지었고 말이야. 당신과 나의 인연은 과연 어떤 것일까? 다시는 만나지 말아야 할 인연일까, 아니면 언젠가는 만나질 후후- 불어도 빙 돌아 내 입술 앞에 와 있던 녹차 잎처럼 부정해도 만날 수밖에 없는 인연일까? 살다 보면 그

답을 찾을 날이 있겠지.

　당신에게도 아내에게도 나는 미안한 마음만이 앞서는 죄인 같아. 그런 날이면 우리가 찾던 욕쟁이 할머니집을 찾는다. 실컷 상스런 소리라도 듣고 싶어서 말이지. 그런데 주인장 할머님도 예전 같지 않으셔. 욕도 잘 하지 않으시고, 기력이 쇠하신지 가게에 나오지 않는 날이 많아지셨어, 이렇게 우리의 주변 것들은 변하고, 닳고, 사라지고, 결국은 모두 다 소멸하겠지.

3. 민지의 마음

나는 태어날 때부터 아버지를 잘 모르지요. 하지만 유치원에 가니 친구들은 엄마, 아빠의 얼굴을 잘만 그리더라고요. 아빠를 그릴 수 없다는 것이 왠지 마음 아팠어요. 엄마는 힘들지만 나를 사랑하는 마음으로 살아요. 엄마는 아침에 곱게 머리를 빗겨 주시면서 늘 얘기하세요. 엄마는 민지가 이 세상에서 제일 좋아, 엄마는 우리 민지 때문에 살지, 우리 민지를 보면서 힘을 내고, 우리 민지를 보면서 웃지! 그렇게 말씀하시고는 내 양 볼에 뽀뽀를 해 주십니다. 왜 내게는 아빠가 없을까요? 아빠가 별로 좋은 사람일 것 같지는 않아요. 엄마가 슬퍼 보이는 날에도 아빠는 찾아오지 않으니까요. 외할머니가 말씀해 주셨는데 아빠가 없는 아이는 하나도 없대요. 민지도 아빠가 있긴 있다고 하셨어요. 그런데 지금 당장은 만날 수가 없다고요. 어디 아주 멀리 계신 모양입니다.

가끔은 나도 친구 세건이처럼 100점짜리 받아쓰기를 아빠께 자랑하고 싶습니다. 발표회를 할 때도 아빠랑 엄마가 같이 오는 친구들이 정말 부러워요. 물론 아빠를 대신해서 할아버지나 할머니가 오시기는 합니다. 하지만 왠지 아빠는 아니니까 아빠가 필요하다고 생각되는 순간이 있어요. 아빠는 민지가 보고 싶지 않은 걸까요? 하지만 아빠 이야기를 하는 건 나빠요. 언젠가 할머니가 말씀하셨어요. 엄마가 아빠 이야기를 하기 전까지는 절대로 아빠에 대해서 물어보지 말라고요. 나는 잘 이해가 되지는 않았지만, 가만히 고개를 끄덕였습니다. 가끔 외할머니는 내가 한 번에 알아듣지 못하면 짜증을 부리실 때가 있거든요. 아빠에 대해 안 물어보면 되는 거니까 그렇게 어려운 것은 아닙니다.

엄마는 오늘도 나를 유치원에 데려다주고 카페에 가서 차를 팝니다. 손님들이 많이 오는 날, 엄마는 힘들어 보이는데 기쁘다고 하세요. 오히려 손님이 없으면 엄마는 마음이 안 좋다고 하십니다. 나는 손님이 없으면 엄마랑 노는 시간이 많아져서 기분이 좋은데 엄마는 나랑 노는 것보다 차를 파시는 것이 더 재미있는가 봐요. 엄마는 내게 말씀하십니다. 장난감을 많이 못 사줘서 미안하다고, 예쁜 드레스를 못 사줘서 미안하다고, 좋은 곳에 데리고 못 다녀서 정말 미안하다고요. 하지만 내가 사는 동네는 친구가 정말 많지요. 졸졸졸 흐르는 시냇물도 내 말동무가 되어 주고, 나무를 콕콕 쪼아 집을 만드는 귀여운 딱따구리도 나의 친구에요. 유치원에 가도 또래 친구가 있고 얼마든지 가지고 놀 수 있는 장난감이 많습니다. 그런데 엄마는 자꾸자꾸 미안해해요. 나는 공주 옷을 별로 좋아하지 않아서 예쁜 드레스도 그다지 욕심나지 않습니다. 엄마가 내게 그만 미안해했으면 좋겠습니다. 엄마의 슬픈 얼굴을 보면 어쩐지 눈물이 날 것 같거든요.

우리 카페 마당에는 계절마다 예쁜 꽃이 피어납니다. 얼마 전에는 보라 색깔 허리 굽은 할미꽃이 피었는데 엄마는 할미꽃과 관련된 동화를 들려주었어요. 생각보다 슬픈 동화라서 요즘은 왠지 보라색을 보면 슬퍼집니다. 높은 산을 넘으면서 손녀를 그리워했을 할머니의 마음을 생각하면 눈물이 나죠. 엄마가 그러는데 할미꽃이랑 보라색 아기별꽃이랑 많이 닮았다고 하셨어요. 아빠가 보라색 아기별꽃을 무척 좋아했다고 하시면서요. 나는 아빠의 이야기가 나와 귀를 쫑긋 세우고 더 많은 이야기를 들려 주시길 원했지만, 엄마는 더는 이야기하지 않으셨지요. 보라색 아기별꽃은 한 번도 보지 않았지만, 무척 예쁠 것 같아요. 어쩌면 밤하늘을 밝히는 초롱초롱한 별님처럼 반짝반짝 빛이 날지도 모르죠. 내일 유치원에 가면 담임선생님께 보라색 아기별꽃에 대해 좀 더 자세히 물어봐야겠습니다.

나는 숲속 유치원을 다닙니다. 먼 동네에 사는 친구들도 이곳 유치원까지 와요. 친구들이 사는 곳은 온통 아파트뿐이라서 일부러 숲속에 오는 거래요. 나는 엘리베이터가 있는 아파트가 부럽습니다. 20층 정도에 살아서 엘리베이터를 매일 탈 수 있으면 좋을 것 같은데 친구들은 아파트 단지보다 숲이 훨씬 좋다고 합니다. 우리는 유치원 담임선생님과 낙엽 줍기 같은 걸 하고 색깔이 예쁜 꽃을 눌러 붙이고 카드를 만들기도 해요. 딸기를 직접 키워 따기도 하고요. 동물들도 보살핍니다. 우리 숲속 유치원에는 아기 돼지 한 마리와 앵무새가 살고 있지요. 앵무새는 똑똑합니다. 말을 얼마나 잘 따라 하는지 몰라요. 친구들이 "안녕!" 인사하면 앵무새도 우리랑 똑같이 "안녕!"이라고 말해요. 정말 사람처럼 말해요. 완전, 신기한 나의 친구랍니다. 우리 유치원에 사는 앵무새는 조금 특별하게 생겼지요. 머리에 왕관처럼 털이 자라 있는데 그래서 사람들이 왕관 앵무새라고 부른대요. 참 멋진 이름이지요? 오늘도 나는 왕관 앵무새와 정답게 이야기를 나누었답니다. 우리 유치원이 궁금하다면 언제든지 놀러 오셔도 됩니다. 우리 유치원도 구경하시고 엄마가 하는 찻집에 들러 맛있는 차도 마시세요. 우리 가게에서 제일 맛있는 메뉴는 코코아입니다. 여름에는 차갑게 마시고, 겨울에는 따뜻하게 마시면 되어요. 코코아는 차가워도 맛있고 뜨거워도 달콤한 아주 근사한 차랍니다.

포천은 갈비가 아주 유명하지요. 부드러운 갈빗살은 입에 넣는 순간 살살 녹아요, 여름에는 우리 고장에서 갈비 축제를 열어요. 많은 사람이 놀러 옵니다. 대부분 서울 사람들이 많지요. 강원도에서 오기도 하고요. 멀리 현수막도 걸어두고 여기저기 갈비 축제에 대해 알리니까 사람들이 우리 동네로 마구 몰려들어요. 대부분 가족끼리 오는데 그런 모습을 보면 아빠가 참 궁금하고 보고싶더라구요. 맛있는 갈비를 후후 불어 잘 식혀서 내 또래 아이의 입에 쏙 넣어주는 아빠를 보면 나도 아빠가 계시다면 저런 모습이지 않을까 하는 생각을 했답니다. 그래서 예전에는 갈비 축제 가는 걸 좋아했는데 이제는 별로 가고 싶지 않아요.

아빠 때문이라는 건 쉿! 진짜 비밀이에요. 엄마가 왜 갈비 축제에 가고 싶지 않냐고 물으셔서 이제는 수영할 수 있는 풀장이 너무 작아서 싫다고 둘러댔거든요. 여름에 열리는 갈비 축제에는 아이들을 위해 물놀이를 할 수 있도록 풀장을 만들어 주는데 실은 넓지 않아서 덩치 큰 오빠들이 들어오면 비좁기도 하거든요. 나는 제법 눈치 있는 꼬마랍니다.

4. 또 다른 한 여자의 마음

남편은 좋은 사람이지만 나를 허전하게 만들어요. 남편에게는 3년이라는 시간을 함께 한 애인이 있었어요. 남편의 일기장에도 온통 그녀와의 이야기가 적혀 있었고, 둘은 소중한 사랑의 탑을 쌓아 올렸죠. 남편은 직장에서도 꽤 인기가 많았어요. 서글서글 잘 웃어 주었고, 무엇보다도 진실한 사람이었거든요. 남편의 곁에서 저런 남자와 사귀는 여자는 참 좋겠다는 생각을 했었어요. 남편과 애인의 사이가 소원해졌을 즈음, 나와 보내는 시간이 많아졌고, 나는 자연스럽게 남편을 내 사람으로 만들 수 있었어요. 남편의 속 이야기를 들어주면서 많이 가까워졌거든요. 이 남자를 외롭지 않게 만들어 주겠다는 생각으로 조심스럽게 싹튼 사랑의 감정이 지금까지 오게 된 것이죠. 남편이 순수하게 나를 사랑했다고 생각하지 않아요. 떠나간 여자에 대해 미련이 많아 보였어요. 하지만 나는 남편에게 남은 감정에 대해 모른 척했어요. 그렇지 않으면 남편을 차지할 수 없을 것만 같았거든요.

남편은 내게 참 욕심나는 사람이었어요. 남편이 애인과의 관계를 빨리 청산하고 내게 와 주기를 바랐죠. 절절했던 내 마음이 전해진 걸까요? 갑작스럽게 헤어짐을 통보 받은 그는 많이 힘들어했고, 나는 주저 없이 그이의 술친구가 되어 주었어요. 자주 술을 마셨고, 함께 해장을 핑계로 마주 앉았어요. 밤이 늦은 시간까지 함께 있는 날들이 많아지면서 우리는 애인에서 부부가 될 수 있었지요.

남편에게 전해들은 바로는 그녀는 은행원 출신이고, 아버지는 고기 정형일을 하시는 분이라고, 남에 대한 배려심이 깊은 성격에 조금은 소심한 성격 같았지요. 나는 한 번도 만난 적 없는 남편의 애인이었던 그 사람에 대해 비교적 많은 걸 알고 있어요. 남편은 지나간 추억도 간직하고 싶다며 기념일마다 챙겨준 그녀의 선물이나 카드, 그녀의 음성이 담긴 CD까지 하나도 버리지 않고 간직하고 있거든요. 남편이 버리고 싶어 하지 않을 것을 알기에 말하진 않지만, 그녀의 물건이 가득 담긴 커다란 상자를 보면 마치 셋이서 동거하는 기분이 들 때가 많아요. 내가 다가갈 수 없는 영역의 것, 내게는 금지된 것, 그이의 추억이죠.

남편이 포천에 자주 가는 것은 순전히 옛사랑에 대한 그리움 때문이죠. 처음에는 우리의 만남이 많이 힘들 거라고 생각했어요. 그녀가 순순히 물러나 주지 않을 거라 생각했거든요. 하지만 고맙게도 먼저 여자 쪽에서 이별을 말해 주었고, 자존심이 쎈 남편은 그래도 헤어짐을 택한 거죠. 하지만 나는 불안했어요. 작별했다는 말을 전해 듣고도 다시 재결합하지 않을까 마음이 늘 두근거렸죠. 연락이 되지 않는 밤에는 하루 종일 휴대폰만 바라보고 있었어요. 이렇게 집착하며 살고 싶지 않았고, 우리의 관계를 확실하게 만들고 싶어서 결혼을 재촉했죠. 법원에 가서 혼인신고를 하면 마치 내가 승자가 되는 것처럼 예식을 서둘렀어요.

하루라도 빨리 내 남자로 만들고 싶은 욕심에 이런저런 이유를 대며 결혼을 계획했던 거예요. 이 남자를 놓치면 평생 후회할 것 같은 생각이 들었어요. 급한 내 마음과는 달리 남편은 서두르지 않았어요. 그런 느긋한 모습이 나를 더욱 조바심 나게 만들었던 것 같아요. 나는 부모님까지 핑계를 대며 최대한 일찍 결혼하기 위해 노력했지요. 법적으로 내 남자가 되고 나면 아무것도 문제 될 것이 없다고 믿었어요. 실상 법적인 건 아무것도 아니죠. 그이의 마음이 문제였던 것이죠.

혼인만 하면 지난 옛사랑쯤 걸림돌이 아니라고 생각했죠. 허나, 그건 나만의 착각이었어요. 3년이라는 짧지 않은 연애는 생활 곳곳에서 발견되었거든요. 둘이서 여행도 참 많이 다녔더라고요. 포천 일대는 안 가 본 곳이 없어요. 남편이 좋아해서 시작된 만남이었고 그는 헌신적으로 여자를 사랑했던 것 같아요. 남자가 사랑해야 오래가는 사이가 된다고 하더라구요. 우리 부부의 사랑은 남편보다는 내 쪽에서 적극적이었고, 살면서 그것이 은근히 부아가 나기도 하더라고요.

울창한 숲은 수목원 같아요. 푸른 나무에 둘러싸인 그녀가 이쪽을 가만히 내다보고 있네요. 긴 눈꼬리가 약간 쳐진 눈매는 매우 선한 인상입니다. 오똑한 콧날에 야무지게 다문 입은 퍽 예쁘장한 얼굴이에요. 남편이 첫눈에 반할 만큼 출중한 미모입니다. 남편은 옛 애인의 사진을 한 장도 버리지 않아요. 커다란 상자 하나에 그녀의 사진과 편지, 노래방용 CD와 이니셜 열쇠고리, 사랑을 맹세하며 남산에 걸어두었던 커다란 자물쇠, 다정하게 둘이 끼고 있던 커플링, 스티커 사진이 가득한 책자 등등을 차곡차곡 잘 정리해 담았어요. 그리고 열어 보지 않는 조건으로 간직하고 싶다고 이야기했죠. 나는 일부러 전혀 신경 쓰지 않는 듯 그렇게 하라고 말했지만, 마음은 정반대의 이야기를 하고 있더라고요. 남편은 그녀와 함께 갔던 장소에 가면 말수가 적어지죠. 그리움에 취한 듯 혼자만의 생각에 잠기고는 해요. 그런 남편의 모습이 정말 싫지만, 남편의 마음까지는 어쩔 수 없는 노릇입니다. 사람의 마음을 얻는다는 것이 세상에서 가장 힘든 일이라는 걸, 남편과 함께 살면서 알게 되었답니다.

산정호수를 걸을 때면 영감처럼 뒷짐을 지고 느릿느릿 걸어요. 아마도 남편의 추억 속에서 그녀와 동행하고 있나 봅니다. 떠오르는 상념에 한숨을 쉬기도 하고 가끔은 기분 좋은 추억에 혼자 빙긋 웃기도 합니다. 그런 알 수 없는 표정에서 나는 외로워져요. 결혼을 하고 나니 드는 생각은 빨리 아이를 가져야겠다는 것입니다. 남편을 닮은 아이를 낳고 나면, 나는 좀 더 마음이 편안해질까요? 이런 나와는 달리 남편은 아이를 갖는 일에 적극적이지 않습니다. 산부인과 의사 선생님이 알려 주신대로 빨간색으로 날짜를 기록해 침대 머리맡에 탁상달력을 올려 두어도 그냥 잠들 때가 많은 남편입니다. 나는 적극적으로 들이대고 싶지는 않아서 잠자코 있지만, 내심 서운할 때가 많아요. 나 혼자 아이를 원한다는 생각은 실상 자존심이 상하는 일이거든요.

남편은 아직도 여자에 대해 많은 걸 기억하고 있습니다. 그녀의 생일, 두 사람의 특별한 기념일, 심지어 여자친구의 부모님 생신까지 세세히 알고 있습니다. 챙길 수는 없지만 홀로 축하하며 기념일마다 서늘한 쓸쓸함을 경험하겠죠. 나는 남편과 옛사랑보다 훨씬 오랜 세월을 함께 했어요. 남편이 익숙하고 편안해질 때도 되었는데 아직까지 그렇지 않을 걸 보면, 아마도 옛사랑에 대한 미련을 나 스스로도 인정하고 있는 가 봐요. 남편과 결혼하기 전에, 나도 좀 다른 사람과 연애를 해볼걸 그랬어요. 한 사람에게 온통 마음을 주기보다는 다른 사람의 품에도 안겨 보았다면 이렇게 억울한 생각이 들지는 않았을 테니까요.

그녀에게 헤어짐을 통보받고 방황하고 있을 때였어요. 우리는 이동 막걸리를 부어라 마셔라 하며 꽤 많이 술통을 비워냈고, 술에 취한 남편은 말했어요. 그 친구는 말이야. 보라색 아기별꽃을 닮았어. 여리고, 맑고 순수한 그런 여자야……. 가슴이 쿵 내려앉는 것 같았어요. 한 번도 본 적 없는 보라색 아기별꽃을 머릿속으로 그려보았습니다. 매혹적인 여자라던가, 아주 섹시한 사람이라고 술주정을 했으면 좋았을 거예요. 그보다 더 매력 있게 얼마든지 바뀔 자신이 있으니까요. 하지만 보라색 아기별꽃은 흉내조차 낼 수 없는 배역 같았어요. 그 애절한 사랑의 표현이 얼마나 가슴 저리던지요. 나도 수수하게 당신 곁에서 빛나는 보라색 아기별꽃이 되고 싶었어요. 지금도 보라색 아기별꽃은 남편의 가슴에서 은은한 향기를 머금고 자리 잡고 있네요. 슬프지만 나는 그 사실을 끝내 모른 척하고 싶습니다.

나는 바깥에 외출할 때 늘 단정하게 머리를 만지고, 옷도 초라하게 입지 않습니다. 급히 응급실을 가거나 회사에 중요한 서류를 두고 왔을 경우 등은 제외가 되겠지만 바깥으로 나갈 때는 꼭 화장을 합니다. 눈 화장도 챙겨 하고 많이 티가 나지 않는 볼륨감 있는 립글로스도 바르지요. 언젠가 우연히 옛 애인과 남편이 마주치더라도 그 옆에 있는 내 모습이 초라해 보이고 싶지 않습니다. 이왕이면 남편과 나 사이가 너무 좋아서 알콩달콩한 정다운 모습에 말도 붙이지 못하고 가버렸으면 좋겠습니다. 그녀는 아직도 포천에 살고 있을까요? 남편에게 포천은 대체 어떤 곳일까요?

질척대지 않고 떠난 그녀는 남편을 그리워하고 살지 않을 것 같아요. 더 좋은 남자를 만나 지금쯤을 결혼을 했을 테고, 안락한 가정을 꾸리고 산다면 지난 옛사랑쯤 하나도 떠오르지 않을 거예요. 어리석은 나의 남편만 옛사랑의 기억을 쳇바퀴 돌리며 살고 있는지도 모르죠. 그렇게 생각하면 자존심도 상하는데 거짓말 같게도 남편이 가엾습니다. 그래서 우리는 부부가 된 거겠죠. 이런 측은한 마음이 드는 걸 보니 나는 남편을 아주 많이 사랑하고 있는 게 확실해요.

언젠가 남편을 따라 나선 평강 식물원은 너무 아름다웠죠. 진한 노란색의 노란만병초는 옹기종기 모여 핀 모양새가 떼 지어 다니는 병아리를 떠올리게 만들어 주었고, 깊은 산골짜기의 나무 밑에서만 볼 수 있다던 개병풍도 볼 수 있었어요. 커다랗게 펼쳐지는 잎자루는 작은 우산 모양을 닮았더라고요. 처음 보는 자생 식물에 감탄하며 서 있다 문득 남편을 돌아보았지요. 남편은 신비로운 생태정원과 멸종위기 식물에는 아무런 관심도 없어 보였어요. 또다시 느릿느릿 과거를 추억하며 혼자만의 시간을 갖고 있더라고요. 그 모습이 얼마나 가슴 아팠던지, '저 남자는 평생 그 옛사랑을 간직하며 살겠구나.' 하는 불행한 생각이 스쳤지요. 여러 해를 산다는 조름나물에 대한 설명을 들으며 여러 해를 당신의 가슴에서 사는 그 옛 애인을 머릿속에 그려보게 되더라구요. 포천 곳곳에 숨은 그녀의 흔적은 당신을 아프게도 하지만 미소짓게도 하는 참 아이러니한 장소란 걸 알았네요.

　포천과는 아무런 연고도 없는데 당신은 계속되는 가뭄에 산정호수의 물이 마른다는 소식을 귀담아 듣더라고요. 물이 가득할 때 산정호수의 진면목을 볼 수 있다며 혼자 중얼거렸고, 이른 아침 잔잔한 호숫가의 풍경에 대해 내게 아무렇지도 않게 말했어요. 평화로운 정취가 생각나기는커녕 옛 애인의 그늘에서 언제까지 살아야 할까, 하는 생각에 젖은 한숨이 절로 나오더군요. 노천카페 이야기, 열대야가 심각해서 포천으로 무작정 떠났다는 말을 들으며 나는 사뭇 들뜬 당신의 발간 얼굴을 볼 수 있었어요. 포천의 '抱'자는 뜻을 풀이하면 '안다, 품다, 둘러싸다, 가슴'이라는 뜻을 갖고 있지요. 당신의 평생을 안고 있는 여자, 포천만 하면 생각나는 당신의 가슴에서 사는 여자, 나는 가끔 그 여자가 부럽기도 하네요.

산정호수에 가면 이전에는 없던 여행 토퍼가 많이 세워져 있어요. 방송 매체에 많이 소개되면서 젊은이들이 많이 찾게 되었고, 시대의 흐름에 맞추어 변화를 하는 중 같아요. 재밌는 글귀가 눈길을 사로잡습니다. '반짝여라 내 인생', '꽃길만 걷게 해 줄게' 등 떠오르는 명소답게 정성 들여 쓴 여행 토퍼에 눈길이 가네요. 헌데, 당신은 산정호수의 변화가 그다지 반가운 것 같지 않았어요. 변하는 것이 싫다며, 자연은 있는 그대로가 아름다운 것인데 저런 여행 토퍼들은 의미가 없다며 불만을 표하더군요. 당신이 좀 더 솔직했더라면 좋았을 뻔했어요. 귀여운 말로 세워진 여행 토퍼가 싫은 것이 아니라, 예전의 모습이 사라지는 것이 마음에 들지 않았던 거죠. 옛사랑의 추억이 서린 공간이 변함없이 그 모습 그대로 있어 주길 바란 거잖아요. 당신은 자꾸 내게 마음을 들켜요. 차라리, 당신이 좀 더 세심하게 마음을 숨길 줄 아는 사람이면 좋겠습니다.

옛 애인과 헤어지고 당신은 말했지요. 비둘기낭 폭포를 두고 맹세했던 사랑이라고요. 폭포 뒤의 동굴에서 하얀 비둘기들이 예쁘게 집을 짓고 살았다며 '비둘기 둥지와 같이 움푹 파인 낭떠러지'라는 의미에서 이름이 붙여졌다고 설명해 주었지요. 다정한 한 쌍의 비둘기처럼 그렇게 서로의 마음 언저리에 둥지를 틀고 살고팠던 인연을 제가 어찌 갈라놓을 수 있을까요? 우리 사이에 아이가 생기면 당신이 마음을 잡을 수 있을런지요. 어쩌면 나는 남편의 마음을 잡고 싶은 것보다 점점 사랑에 대해 자신이 없어지는 나의 마음을 다잡기 위해 아이를 간절히 원하고 있는지도 몰라요. 나의 나약해져 가는 마음을 당신이 좀 돌봐 주었으면 해요. 당신이 부디 과거에 얽매이지 않고 옛사랑에 미련을 버리고 당신을 향한 사랑의 둥지에 정착하길 바라요.

5. 절절한 사랑, 모성애

민지를 사랑하지 않는 것은 아니지만 처음 아빠도 없이 아이를 낳는다고 했을 때 엄마는 가슴이 내려앉았다. 병든 남편을 수발하는 동안 딸아이 마음을 헤아리지 못한 것 같아 너에게 무척 미안했어. 홀로 아이를 키우며 아등바등 사는 너를 볼 때면 지금도 내 하늘은 무너지고 말지. 하지만 내색하지 않으려고 노력하고 있어. 민지 아빠도 나쁜 사람은 아니었잖아. 분명 둘 사이에 해결할 수 없는 문제가 있었을 거야. 그렇게 독하게 정리하고 헤어질 때는 그럴만한 어떤 이유가 있었을 거라 생각한다. 긴 병에 효자 없다는데 너는 대단한 효녀야. 그래도 아버지를 이해하려고 노력해 주니까. 엄마는 너의 그 마음이 참 고맙단다.

좋은 직장을 그만두고 카페를 차린다고 할 때, 이렇듯 오래 장사하고 단골도 잡는 좋은 사장님이 될 거라 생각하지는 못했어. 하지만 벌어먹고 살기 위해 너는 매 순간 노력하더구나. 지금도 찬 이슬이 서린 새벽에 눈을 뜨고 꽃시장에 나가는 너를 보면 마음이 아파. 엄마 입장에서는 좀 더 잠을 자면 좋겠고, 그렇게 부지런하지 말고 적당히 게으르기도 했으면 싶지. 무슨 부귀영화를 보겠다고 저렇게 애쓰나 싶으면 말리고 싶을 때도 많아.

민지의 엄마로만 성실하게 사는 너를 보면 여자로 즐거움을 느끼지 못하는 것 같아 마음이 헛헛해. 남편의 사랑을 원 없이 받고 살아야 할 젊은 나이에 육아에만 매달리고, 가게 일만 하는 너를 보면 왜 안쓰러운 마음이 없겠어. 하지만 덤덤하게 그저 널 응원하는 것이 엄마의 몫이라는 걸 잘 알고 있어. 우리 손녀 민지는 눈치가 빤하기도 하지. 엄마를 어찌나 위하는지 가끔 유치원에서 주는 맛있는 간식을 먹지 않고 챙겨와 엄마한테 드릴 거라고 하더라. 그래, 이런 맛에 자식을 거두며 사는 것 아니겠니. 언젠가는 민지도 엄마의 넘치는 사랑을 깨달을 날이 오겠지.

　식당에 나가서 부지런히 일을 하는 게 유일한 살 길이라고 생각했어. 갑자기 장애인이 되어 버린 남편을 보니 덜컥 겁이 나더라고. 너와 함께 먹고 살 일이 막막하더라. 다행히 네가 고집 부리지 않고 상고를 진학해 주어 졸업하기도 전에 은행에 취직해 주었고 우리 가족은 빨리 힘을 잡고 일어설 수 있었지. 하지만 네게 늘 미안했어. 가난한 집안 형편을 알고 단 한 번도 인문계 학교를 고집하거나 대학을 가고 싶다고 이야기하지 않았잖아. 너라고 왜 공부하고 싶은 생각이 없었겠니. 그저 가난한 부모를 힘들게 하고 싶지 않았던 거지. 너무 일찍 철이 들어버린 자식은 내내 마음의 응어리로 남는단다. 외할머니의 말씀을 듣고 아버지가 서둘러 일을 그만두도록 만들어야 했어. 이웃 사람들이 말하는 소귀신은 다름 아닌 돈귀신이 아닐까? 아빠가 어려운 일을 하는 만큼 제법 큰돈을 벌어왔잖지? 시간이 지날수록 동네 사람들의 수군거림도 외할머니의 다그침도 다 필요가 없어지고, 오직 돈 잘 벌어오는 남편이 편하더라. 부부 사이의 정을 좀 덜 느끼면 어떠니? 돈을 쓰고 살면 다 잊을 수 있는 것들이었어,

아버지가 팔이 잘렸다는 끔찍한 소식을 수화기 너머로 전해 듣는데 도무지 현실감이 없었어. 기분 나쁜 꿈에 취해 있다고 생각이 들어 내 양 볼을 찰싹 때려 보았지. 엄마는 말이야. 아빠에게 미안하더라. 아빠의 일을 유일하게 말릴 수 있는 사람은 엄마였던 건데, 아빠를 방치했다는 생각이 들면서 그렇게 미안할 수가 없었어, 잘려나간 팔에 대해 자각하지 못하고 환상통에 시달릴 때도 엄마는 아빠가 너무 불쌍했어, 더는 일할 수 없는 자신의 팔을 주무르며 얼마나 큰 좌절을 맛보았겠니?

큰 수술을 마치고 나온 아빠는 이미 장애인이 되어 있었지. 처음에는 그저 아빠의 숨이 붙어 있는 것이 감사했는데 큰 고비가 지나고 나니, 이왕 살려 주실 거면 멀쩡하게 살려 주시지 하는 생각이 들었어, 사람의 마음이 참 간사해.

얼마 전, 아빠는 일을 하고 와서 입이 귀에 걸리셨더구나. 필요 없는 존재가 아닌 누군가가 찾는 존재가 된 것이 마냥 기쁘신 거야. 일을 하고 컨디션이 좋아지는 아빠를 보면서 엄마는 결심했어. 작지만 막걸리 가게를 오픈해서 아빠랑 같이 장사를 할 거야. 장사에 대한 경험은 많이 부족하지만, 아빠를 움직이게 만들어 주고 싶어. 엄마가 파전을 부치는 솜씨 하나는 끝내주잖아. 한 손으로 부지런히 서빙을 할 아빠를 생각하면 안쓰럽기도 하지만, 엄마는 깨달았어. 아빠가 원하는 건 동정이 아닌 자신의 쓸모를 인정받기를 원한다는 걸 말이야.

일당으로 받은 얼마 안 되는 돈으로 민지의 장난감과 학용품을 산다고 하더구나. 돈이 남으면 내게 화장품도 사준다고 하는데 이 양반이 이제는 물가도 모르는구나 싶었어. 하지만 홀로 신바람이 난 모습을 보며 움직이며 살고 싶구나. 환상통에 시달리는 고루한 일상이 아빠에게도 고역이었구나, 라는 생각을 했다. 너무 늦게 아빠의 마음을 살핀 것 같아서 미안했어,

 주책맞은 아빠가 카페에 나가 네가 바쁠 때 도와주고 싶다고 해서 엄마가 안 나가는 게 도와주는 거라며 면박을 준 적이 있거든. 아빠에게 큰 상처가 되는 말을 아무렇지도 않게 뱉어낸 것 같아서 두고두고 후회했다. 실은 너에게도 묻고 싶은 말이 많아. 우선은 보고 싶지 않은지, 그립지 않은지, 지금 진짜로 살만한 건지 물어보고 싶어. 가끔 넋이 나간 사람처럼 정신 줄을 놓고 앉아 있는 너를 보면 마음이 불안하더라고. 민지도 언젠가는 아빠를 찾을 텐데 그때가 벌써부터 걱정이 되기도 하고.

 소심한 아이인 줄 알았는데 이제는 어엿한 한 아이의 엄마가 되었고, 작지만 한 가게의 사장님도 되었어. 이 정도면 성공한 인생 아니니? 엄마가 요즘 적금을 하나 넣고 있는데 만기가 되면 이 적금을 너에게 줄 거야. 이건 엄마가 지원해 주지 못한 너의 교육비란다. 사람들에게 물어 알아보니 요즘은 대학을 직접 가서 공부하지 않아도 컴퓨터로 대학 강의를 들을 수 있다고 하더라. 그것을 졸업해도 대학 졸업장을 준다고 들었다. 가게를 하면서도 대학을 다닐 수 있으니 얼마나 좋으냐.

 포천에서 나고 자란 나는 세상 밖의 물정을 잘 모르지. 헌데 너

를 제대로 가르치지 못했다는 건, 평생 한으로 남더라. 네가 공부를 좀 더 배웠더라면 그리 민지 아빠랑 헤어지지 않았을 것도 같았어. 민지 아빠는 대학교까지 나온 사람이니 자기도 이왕이면 대학 나온 여자를 찾았을 것 같고 말이지. 부족한 엄마라서 언제나 정말 미안하다. 고등학교 공부도 편하게 못 시켜 주고 늘 학비를 걱정하게 했잖니. 대학은 가당치도 않은 얘기였고. 지금껏 대학도 못 보내준 엄마를 원망하기보다 이해해 주고 자라 준 것도 감사하고. 일을 시작하면서 엄마의 목표는 항상 같았어. 너를 꼭 대학에 보내주는 것. 하지만 돈이 좀 모였다 싶으면 꼭 목돈이 들어갈 일이 생기더라. 그때마다 너를 대학에 보내고 싶은 엄마의 꿈도 뒤로 미룰 수밖에 없었어. 예금 만기를 앞두고 아빠가 큰 사고를 당했고, 의수를 마련했던 돈도 처음에는 너를 위한 학자금이었단다. 무능한 엄마가 지금에야 너를 대학에 보낼 수 있게 되었네. 엄마는 홀로 마음이 뿌듯해. 그래도 너를 키우며 남에게 손 벌리지 않고 노력만으로 위태로운 가정을 일으켜 세웠으니까.

그래도 민지를 낳고 멀리 가지 않고, 엄마한테 민지를 맡겨 주어서 정말 고마웠어. 엄마가 너를 위해 할 수 있는 일이 있다는 것이 반갑고 좋더라. 귀여운 민지를 보면서 세상 시름을 잊기도 한다. 부쩍 궁금한 것이 많아진 민지는 내 뒤를 종종걸음으로 쫓아다니며 질문 공세를 퍼붓곤 한단다. 귀여운 재잘거림이지. 사는 게 힘들지만 언젠가는 좋은 날이 오지 않겠냐. 그 희망이라도 품고 살아야지! 안 그럼 어찌 살 것이냐. 부디 우리 좋은 날이 오길 바라보자꾸나. 엄마가 멋지게 막걸리 집으로 인생 역전할 지 누가 알겠냐. 엄마가 손맛으로 멋지게 승부수를 던져볼게. 나도 이제 너처럼 멋진 사장님이다. 사랑하는 내 딸아, 그래도 나고 자란 포천 땅을 떠나지 않고 내 곁에 남아 주어 참말 고맙다. 눈물 나게 고마워.

6. 환상통과 부성애

포천 시는 6·25 전쟁 당시 매우 중요한 요충지였단다. 포천 시 북쪽 영북 면으로 38선이 지나갔으니 얼마나 소중한 땅이었겠니? 그래서 지금도 포천에서는 방어 벙커를 쉽게 찾아 볼 수 있단다. 북한군을 저지하기 위해 사격이 일어났던 곳이야. 방어벙커에는 선명한 총알 자국도 남아 있지. 나의 아버지는 고향을 떠나지 않고 사셨단다. 그래서 부자가 될 수는 없어. 고향은 전쟁이 휩쓸고 지나간 후 폐허와 같았거든.

하루 벌어 하루 먹고 사는 사람들이 많았어, 지금은 세상이 좋아져서 일거리도 많지만, 옛날에는 그렇지도 않았단다. 나는 어떻게 해서라도 우리 가족을 부자로 만들고 싶었어, 돈이 많으면 행복할 거라 생각했지. 실은 나도 비위가 약한 편이라 처음에는 피 냄새만 맡아도 견디기 힘들었어. 하지만 가족을 생각하니 못할 일이 없더라. 손의 감각이 고기의 특수부위를 기억할 때까지 칼을 움켜잡았지. 거침없는 손놀림으로 아빠는 정육점에서 꼭 필요한 사람이 되어 있었다. 하지만 불행한 사건으로 모든 것을 한순간에 잃게 되었잖아. 그 절망감과 상실을 어떻게 설명해야 할까.

실은 별로 살고 싶지 않은 일상의 연속이었어. 집은 여전히 가난했고 돈벌이 능력도 없는 가장은 집에서 밥을 먹는 것조차 미안하더라. 그래도 딸아이가 힘을 내니, 이대로 주저앉을 수는 없단 생각이 들었지. 생각해 보면 네 엄마도 얼마나 불쌍한 사람이니? 좋은 시절에 좋은 인연을 만났더라면 저렇게 고생하고 살지 않았을 거야. 한 순간에 모든 것이 엉망이 되었단 생각이 들었어.

곰곰이 생각해 봤어. 시계를 거꾸로 돌려도 아빠는 다시 칼을 잡았을 것 같아. 공부를 많이 한 것도 아니고, 특별한 기술을 가지지도 못했으니 이 지역에서 할 수 있는 일로 직업은 한정적이었을 거야. 자꾸 아빠의 환상에서는 팔이 자유로운 내가 보여. 전신거울에 몸을 비춰 봐도 잘려나간 팔은 보이지 않아. 그런데 사람들이 자꾸 말을 해준다. 이미 잘려나간 팔의 통증은 환상이 만들어낸 허상이라고 말이야.

받아들이려고 노력할수록 잘되지 않더라. 그냥 잊어버리고 사는 게 제일 바람직한 방법인 것 같아서 당분간 팔에 대한 생각은 하지 않으려 해. 잘려나간 팔을 생각하면 자꾸만 통증과 가려움증이 느껴지거든. 아빠도 이런 정신병 증세를 보이는 내가 참 싫다. 심드렁한 하루를 여느 때와 같이 보내고 있는데 한날은 방어 벙커가 눈에 들어오는 거야. 치열했던 그날을 증언하듯이 총알 자국이 선명한 그 벙커를 보고, 아빠는 그제야 내가 얼마나 나약한 사람인지 알게 되었고, 아빠에게 주어진 생명이 얼마나 소중한 것인지 절실하게 느꼈단다. 조국을 위해 가족을 위해 하나뿐인 목숨을 걸고 방어 벙커 안에서 숨죽이며 기회를 노렸을 젊은 피가 참으로 안타깝더라. 그렇듯 치열하게 삶을 살아낸 사람도 있는데 그깟 팔 하나 잘린 것이 대수인가 싶기도 했어. 남의 중병보다 내가 걸린 고뿔이 더 아프다고들 하잖니. 여전히 나는 내 팔이 제일 쓰리고 아프다. 하지만 앞으로는 이겨내기 위해 노력할 거야.

민지는 내 삶의 큰 위안이 되어 준다. 민지의 천진한 눈을 보고 있으면 세상의 온갖 걱정을 잠시 잊게 되더구나. 아빠에게 귀여운 손녀를 안겨 주어서 참 고맙다. 처음에는 너를 원망도 많이 했어. 아빠는 한다고 했는데 사랑이 부족했구나 하는 생각도 들고, 왜 착하고 성실하게만 살아온 우리 딸에게 이런 시련이 찾아온 걸까 생각하면 마음이 답답하기만 했지. 손녀딸 민지가 예쁘지만은 않았어. 저 아이를 데리고 새 출발이 쉽지 않을 거라 생각하면 가슴이 꽉 막혀 오기도 했거든.

작년 여름의 일이야. 너는 새벽같이 화훼 농원에 갔고 유치원 방학을 맞이한 민지는 내 몫이 되었지. 계절이 바뀌면서 감기에 든 네 엄마가 자리를 보존하고 누웠었거든. 아픈 네 엄마가 민지에게 감기를 옮길까 봐 걱정도 되고, 민지가 집에서만 있는 것을 퍽 심심해하는 것 같아서 큰맘 먹고 산정호수에 있는 놀이동산을 데리고 갔어. 꼬마 바이킹도 타고, 꼬마 기차도 탔어. 하늘 높이 오르면서 '만세~'를 외치는 개구리 만세도 탔어. 기특한 민지는 놀이기구를 혼자서만 타는 것이 마음에 걸렸는지 호수 끝을 가리키며 "할아버지, 오리 배 함께 타요! 민지랑 할아버지랑 함께 탈 수 있어요! "라고 큰 소리로 말을 하지 않겠니? 덩치 큰 할아버지도 탈 수 있는 오리 배를 발견하고는 신이 나서 방방 뛰더구나. 늙은 할아버지와 무엇인가를 같이 하고 싶어하는 민지가 퍽 귀엽더구나.

  모처럼 어린이들이 노는 곳에 온 나도 호기심이 동해 커다란 오리 배를 타게 되었어. 삼십 분이나 한 시간 단위로 돈을 계산하는 건데, 한 바퀴를 돌아 나오는 코스는 한 시간이 걸린다고 하더라. 안전요원은 슬쩍 내게 이야기했어. "할아버지 오리 배가 생각보다 체력 소모가 많아서요. 한 바퀴 돌아 나오지 마시고요 앞만 나갔다가 돌아오시는 게 어떨까요. 나이 드신 분들은 거의 다 완주하지 못하시거든요. 절대 무리하지 말고 선택하셔야 해요." 나는 "이왕 온 거 한 시간 넉넉하게 탈게요. 손녀딸이랑 같이 왔는데 실컷 태워 줘야지요! 발을 구르는 게 뭐 그리 어렵다고, 한 시간으로 티켓 끊어 주구료." 하고 자신만만하게 말했다가 이내 안전요원의 말을 무시한 걸 얼마나 후회했는지 몰라. 그의 충고를 받아들였어야 했어.

  샛노란 오리 배는 생김이 퍽 귀엽게 생겼지. 노란색보다는 거의 레몬색에 가깝더구나. 커다란 눈망울은 동그랗고 사랑스럽게 그려 넣었어. 멀리서 볼 때는 평화로운 오리 배의 풍경이 막상 배를 타고 보니 사정이 다르더라. 미친 듯이 발을 구르지 않으면 배는 꼼짝도 하지 않았어. 그래서 이 배는 젊은 사람들이 선호하며 타는 거였어, 힘이 좋아야 발을 구르며 탈 수 있지. 옆에서 조금 힘을 보태주면 좋지만, 애인을 오래 배에 태워 부려먹는 사람이 어디 있겠니. 사내구실 한답시고, 남자들은 땀을 한 바구니씩 흘리고 있었어, 그래도 최대한 멀리 단둘이 입맞춤이라고 하려면 더 멀리 나가야만 하니까 오리 배는 사방으로 흩어져 꾸역꾸역 사내들이 거친 숨을 토하게 만들었지.

오래간만에 놀이동산에 나온 민지의 기분을 맞춰주기 위해서 나도 최선을 다했지. 실은 팔이 잘려나간 후에는 몸의 균형이 잘 맞지 않아서 하체 힘을 쓰는 것도 영 부실해. 끙끙 발을 구르는 할아버지가 불쌍해 보였는지 민지는 곁에서 여러 번 같은 말을 반복했어. "할아버지, 멀리 나가지 않아도 괜찮아요. 할아버지 힘드니까 오리 배는 그만 타도 괜찮아요."

어린 민지의 눈에도 오리 배를 타고 용을 쓰는 노인의 모습이 힘겨워 보였던 모양이야. 그 말을 들으니 더 멀리 나갈 수밖에. 공연히 허세를 부리며 "할아버지도 정말 괜찮아. 우리도 저 언니네들처럼 아주 멀리멀리 나가보자꾸나." 공연한 말을 뱉어 놓고는 그 약속을 지키기 위해 땀을 뻘뻘 흘렸지. 갑자기 더워진 날씨에 태양은 머리 위에서 맴을 돌고, 급기야는 민지에게 도움을 요청하고 말았지 뭐야. "민지야! 너도 좀 발을 굴러 봐. 힘주어서 발을 좀 굴러보렴. 할아버지가 너무 힘들어서 더는 못하겠다." 민지와 나는 그렇게 산정호수 위에 둥둥 떠서 또 하나의 추억을 만들었어, 힘들지만 예쁘고, 귀여운 나중에 내가 죽고 없어도 민지는 더운 날, 할아버지와 탔던 오리 배의 추억을 이야기할 수 있을 거야. "다시는 오리 배를 타고 싶지 않아요!"라고 말하면서 말이지. 민지와 산정호수 나들이를 다녀온 후, 나는 앓아누웠다.

민지와 생고생을 한 날이 그리 나쁘지만은 않았어. 그날 이후, 나는 팔이 잘려나간 내 모습을 온전히 받아들였거든. 남들처럼 양팔을 사용하지도 못하고, 오로지 남은 왼팔로 오리 배의 방향을 조정하며, 애석하게도 잘라나간 팔을 인정할 수밖에 없었어. 하나 남은 팔로도 할 수 있는 일이 생각보다는 많더라. 오리 배의 시간을 모두 채우고 내렸으니 말이다. 한 시간 코스를 완주하면서 용기와 자신감을 얻은 것도 사실이야.

사는 것이 녹록지 않지. 남편도 없이 홀로 딸아이를 키우는 것이 얼마나 힘들고 서러운 일이냐? 같이 사는 부부들은 남편이 있어 봤자, 남의 편이라고 우스갯소리를 하더라만, 그래도 부부란 살면서 퍽 의지가 되는 존재 아니더냐. 그런 동반자가 너의 곁에 없다는 건 눈물 나는 일이다만, 우리 가족 모두 힘을 내자. 우리가 나고 자란 터전이 이렇듯 우리를 응원하고 있잖니. 엄마에게 들었을지 모르겠는데, 우리도 이제 막걸리집 하나 차리기로 했잖니. 경제적인 지원을 해줄 수 있는 아빠가 되어 볼게. 우리에겐 민지라는 작은 희망이 있잖니. 우리 가족에게 찾아온 보석 같은 아이를 위해서 최선을 다해 씩씩하게 살아보자. 지금까지 못난 아빠를 믿고 기다려 준 거 꼭 기억할게. 나약한 모습으로 가족을 걱정시키지 않는 사람이 되어 볼게.

작가의 말

늦은 나이에 문학도에 길을 걸으며 즐거웠습니다. 사이버대학 문예창작학과에 진학해 공부하면서 개천문학상도 수상하고 세명일보 신춘문예에서 우수상이란 성과도 거두었습니다. 욕심껏 글을 쓰면서 마음껏 행복할 수 있었습니다. 한 권의 소설집을 완성한다는 목표를 두고 차분하게 걸었습니다. 제 서툰 걸음에 박자를 맞춰 준 고마운 인연들이 새삼 떠오릅니다.

첫 소설집을 세상에 선보일 수 있어서 벅찹니다. 하지만, 벅참에서 그치지 않고 사회적 책임을 생각하고 고민하는 소설가의 길을 걷겠습니다. 부족한 작품을 들고 독자들 앞에 용기 있게 나서렵니다. 첫 소설집이 많은 독자에게 사랑받았으면 좋겠습니다.

귀한 가르침을 주신 서울디지털대학 오봉옥 교수님과 김종광 교수님께 깊은 감사를 올립니다. 꼼꼼하게 퇴고해 주시고 여린 손 잡아주신 덕분에 여기까지 올 수 있었습니다. 현실의 문제를 반영하는 소설, 소설 속 인물들과 삶을 고민하는 진정성 있는 글을 쓰기 위해 최선을 다했습니다. 앞으로도 열심히 읽고, 쓰는 좋은 소설가가 되겠습니다.

항상 긍정 에너지를 전해 주는 동생 미선이와 은실이에게 고마운 마음을 전합니다. 돈독한 인연을 오래오래 지켜나가고 싶습니다. 동갑내기 친구 소중한 세영이와는 멋진 출판 기념 파티를 하고 싶습니다.

책을 내는 동안 응원해 준 호현 씨에게 나의 소설책을 선물하게 되어 기쁘고 뿌듯합니다. 훗날, 사랑하는 손주가 할머니를 괜찮은 소설가로 기억해 주길 바랍니다. 함께 쓰는, 충북작가회의 회원들과 출간의 기쁨을 같이 나누겠습니다. 세상과의 연대의식을 놓지 않고 주변에 선한 영향력을 주는 작품을 짓겠습니다.

　어려운 출판 여건 속에서도 출간을 결정해 주신 아시안허브 최진희 대표님과 관계자님께 감사의 인사를 전하고 싶습니다. 2020년, 글을 쓰는 문학인들이 모두 힘든 시기를 견디고 있습니다. 저의 작품이 현실을 견디는 문학인들에게 힘이 되었으면 좋겠습니다. 소설을 쓰는 동안, 소설 속의 인물들과 더불어 울고 웃으며 의미 있는 시간을 보냈습니다. 기꺼이 작품의 표4를 맡아주신 전기철 평론가님께도 지면을 빌려 감사의 인사를 전합니다. 참, 고맙습니다.

초판 발행일 2020년 12월 1일

글 오명희

교정 양계성, 노은희   **편집디자인** 최형준   **마케팅** 이은주, 임용섭

발행인 최진희   **펴낸곳** (주)아시안허브   **출판등록** 제2014-3호.(2014년 1월 13일)
주 소 서울특별시 관악구 신림로19길 46-8   **전 화** 070-8676-4003
팩 스 070-7500-3350   **홈페이지** http://asianhub.kr

값 13,000원
ISBN 979-11-6620-023-6 (03800)

이 도서의 국립중앙도서관 출판예정도서목록(CIP)은
서지정보유통지원시스템 홈페이지(http://seoji.nl.go.kr)와
국가자료공동목록시스템(http://www.nl.go.kr/kolisnet)에서 이용하실 수 있습니다.
(CIP제어번호 : CIP2020048233)